光文社文庫

文庫書下ろし

名探偵ぶたぶた

矢崎存《あり》美《み》

光　文　社

この作品は光文社文庫のために書下ろされました。

目次

悪魔の叫び声

高坂夕海《こうさかゆうみ》は、デビューして三年目の新人小説家だ。

主にミステリーやホラーを書いている。

新人賞を獲《と》ったデビュー作がけっこう売れて、注目されているが、日々プレッシャーと戦っている。すでに何作か上梓《じょうし》しているし、出版予定のものもあるが、いくら書いても不安は消えない。

当然病気や怪我《けが》などは怖《こわ》い。これはどんな仕事をしていてもそうだろう。加えてフリーランスとしての不安定さもある。さらに、仕事の注文がなくなってしまうのではないかとか、書いているものが面白《おもしろ》いかどうかとか、あるいは突然書く気力がなくなるのではないかなど、小説家特有のものもある。そしてもちろん、本の売上も気になる。

家族にも友だちにも小説を書いていることをなんとなく言えず、休みの日に隠れるようにしてずっと一人でほそぼそと書いてきたから、相談する人がいない。

出版業界での知り合いは、デビューした時の担当編集者だけ。同時デビューの人とはしばらく連絡を取り合っていたが、いつの間にか音信不通《おんしんふつう》になってしまった。本も出ていない。他に小説家の知り合いなんているはずもない。

心細い時期に始めたSNSで、このカフェを知った。一方的にファンだった作家さんの書き込みで。

「やっぱり一ヶ月に一度は文壇《ぶんだん》カフェに行って、マスターに愚痴《ぐち》を言わないと復活しない」

そんなカフェがあるのか！　と思い、調べた。公式《こうしき》ホームページには特に何も書いていなかったが、SNSの評判によれば、マスターが元編集者で、いつのまにか作家や編集者が集まり、交流する場所になっているのだそうだ。本に関するイベントも積極的に開催されている。

それだけでも「楽しそう！」と思い、さっそく（こっそり）行ってみた。ファンである作家さんを見かけたらうれしいな、くらいの下心《したごころ》込みで。

そして、今――週に一回は通う立派な常連《じょうれん》になった。いまだにその作家さんには会えていないが、それはいい。その人が言っていたとおり、マスターに愚痴を言えるようになったんだから。

マスターは夕海の愚痴に親身《しんみ》になって応えてくれる。元編集者だから、ほんとに作家の悩みをよくわかってくれるのだ。

しかもかわいい。中年のおじさんだけど、そのかわいさはとびきりだ。

何しろマスターは、ピンクのぶたのぬいぐるみなんだから。バレーボール大の。

一度目に来た時は、特に何もなかった。ファンの作家さんに会えるわけでも、何かネタになるようなことも。しかし、カフェは食べ物も飲み物もおいしかった。ランチの、サバフライをコッペパンにはさんだボリューミーなサンドが絶品だった。サクサクのフライとレモンのきいたタルタルソースがよく合う。食後に飲んだ桃《もも》ジャムのソーダは甘さ控《ひか》えめだが、桃の果肉《かにく》も入っていて香りがうっとりするほどよかった。

それだけで満足して帰ってきたのだが、「これって普通のカフェ行ったのと変わらないな」と自己ツッコミをする。何も期待してなかったんだからそれが正しいのだが、人間とは欲張《よくば》りなもので、あの店でおいしいものを食べながら不安も解消できたら、こんなうれしいことはないな、とつい思ってしまったのだ。少しは自分から動こうという気力が湧《わ》いたらしい。

なので、後日改めて訪《おとず》れると――「マスター」に出会えたのだ。前行った時は、いなかった。絶対。いたら、気づかないはずがない。

いやいや、それはわからない。だって、前に行った時は、壁際《かべぎわ》のハンモック席に座ったのだ。珍しかったし、一人客専用《せんよう》だし、なんだか落ち着きそう、と思って。

そこに座って本を読みながら、もぐもぐコッペパンサンドを食べて帰ってきたのだ。

行儀《ぎょうぎ》悪い食べ方をしていても人からあまり見えなくて、予想どおりとても落ち着いた。

だから、知らないうちに帰ってきたのかも。初日からマスターに愚痴をこぼそうとは、

さすがに考えないし……。そりゃ、マスターがあんなんだと知っていたら探しただろうけど！

二度目に行った時――つまり、マスターを初めて見た時は、ハンモックの席は満席だった。やはり人気だな、と思う。今日はあまり時間もないから、カウンターにしよう、と座ったところ、目の前にぶたのぬいぐるみが鎮座《ちんざ》していた。

お、マスコットかな、と思ったら、突然メニューを差し出して、

「いらっしゃいませ、メニューどうぞ」

と言い、そのまますっと下へ引っ込んだ。突き出た鼻がもくもくっと動いていた。

『今の何⁉』

一瞬混乱したが、そういう人形とかロボットなのかしら、と思い直した。人手不足だしな。けど、黒ビースの点目《てんめ》がかわいかった。色は薄《うす》いピンクで、大きな耳は右側がそっくり返っていた。メニューを差し出した指先（？）には濃《こ》いピンク色の布が張《は》ってあって、アンティーク風《ふう》。そんなぬいぐるみに店番をさせるなんて、センスある。

そんなことを考えていたら、再びぬいぐるみが下からぬっと登場した。

「お決まりですか？」

訊《き》かれて、はっと我《われ》に返る。今見たものが楽しすぎて、反芻《はんすう》していた。呼ぶまで来ないかと思ったが、人間みたいなタイミングで出てくる。

夕海はあわててメニューに目を落とすが、慣《な》れていないので見方がわからない。

「ええと、あの――」

そういえば、おすすめは壁の黒板《こくばん》に書いてあったな、この間。どこにあったっけ？

「お、おすすめを……」

どんなメニューか確認もせず注文してしまう。

「はい、エビ玉子《たまご》サンドですね」

うっ、なんだかおいしそう……！

「お飲み物は食後ですか？」

「は、はい」

「わかりました。お待ちください」

しかもこの声、とてもいい。渋《しぶ》い中年男性だ。ロボットボイスにしては落ち着くチョイスだな。

と思っているうちに、またぬいぐるみは姿を消してしまう。なんなの、いったい……？

隣の席にお客さんが座った。自分と同じ二十代くらいの女性だ。何気《なにげ》なくそちらに顔を向けていると、またぬいぐるみがその女性の前にさっと顔を出す。

えっ⁉

さっきは自分の前だったので、下から現れた感じだったが、横から見ているとそれは違っていたことがわかった。気のせいでなければ、カウンター内側の台みたいなところにささっと飛び乗ったように見えたのだが。人形やロボットとは思えない動きで。つまり、自分の足で。とても短いぬいぐるみの足で。

「こんにちは、ぶたぶたさん」

隣のお客さん、普通に会話してる……。

「いらっしゃいませ、久しぶりですね」

「〆切《しめきり》クリアしたから、ごほうびに来ました」

えっ、〆切？

「今日のマスターのおすすめはなんですか？」

「エビ玉子サンドです。小エビのフライに、タルタルソース代わりの玉子サラダをはさんでます」

それを聞いて、頼《たの》んで正解だったなと思うが、

「ううーっ、おいしそう！　さすが、ぶたぶたさん。それにします」

――今の会話からすると……まさか、このぬいぐるみがマスター!?　元編集者の？

どういうことなの!?　ここのマスターは、生きたぬいぐるみで元編集者なの!?

いつもは何か注文したあとは読書タイムなのだが、とても本を読む気にならない。ドキドキソワソワして、何も手につかない。生きたぬいぐるみって、何ー!?　いや、そう

と決まったわけじゃないけどー！

そして、再びぬいぐるみが下からぬっと現れた。今度はなんと皿を持っている。ていうか、手に載《の》せている。いや、肩で支えている？　顔と手ではさんでいる？　どうやって持っているのかさっぱりわからないまま、皿は夕海の前にコトッと置かれた。

「冷めないうちにどうぞ」

いろいろ訊きたいことがあっても、何から言えばいいのか決められない。そんなヒマもなく、サッといなくなってしまったけれど。

小エビのフライが詰め込まれたコッペパンに、黄身《きみ》の色が鮮《あざ》やかな玉子サラダがたっぷりかかっている。

小エビを落とさないように食べるのに苦労したが、コッペパンサンドはとてもおいしかった。タルタルソースとは違う玉子の甘さがわかるサラダだ。エビもカリカリに揚《あ》がっている。

隣の人のところにもコッペパンサンドが運ばれてきた。今度も、全然ぬいぐるみに驚《おどろ》いていない。

そこで、改めて周囲《しゅうい》を観察《かんさつ》してみると、なんとぬいぐるみ、カウンターから出て料理を配っている。つぶされそうになりながら、店の中を普通に（？）歩き回っているではないか。そして、やっぱり驚いている人はいない。みんな常連なの!?　周知の事実なわけ!?

この間の席は、ほんとに周囲の情報をシャットアウトできる席だったんだな……。執《しっ》筆《ぴっ》や読書に最適かもしれない。

なんだろうか、この空間……。改めて店の中をぐるっと見渡す。

ほどよくお客さんが入っているが、どんな人が来ているかはもちろんわからない。でもここの店名は「文壇カフェ」なのだ。あそこで一人で本を読みながらコーヒーを飲んでいる人は、顔出ししていない有名作家なのかも、とか、二人で向かい合って静かに話し合っている人たちは、打ち合わせ中なのかも、とか、いろいろ考えてしまう。

そういう自分だって一人でこうやって妄想《もうそう》している新人作家なんだけど。だがもしかして、この中の誰かがわたしの本を読んでくれている可能性だってある。

執筆や読書には向いていないかもしれないが、カウンターは想像がはかどる。

隣の女性はぬいぐるみとおしゃべりをしていた。いいなー、わたしもあんなふうにしゃべりたい。

しかし、こういうお店で自《みず》ら話しかけるなんてしたことないしな――いやいや、そんな消極的《しょうきょくてき》な状況を打開《だかい》するためにここに来たんでしょうが！　何しにここに来たのか、うっかり忘れるところだった。コッペパン食べて満足するためだったら、わざわざ電車にまで乗って来ねえよ！　来るかもだけど！　おいしいから！

と盛大《せいだい》に自分の中ではツッコミを入れるが、実際はもじもじうじうじとコッペパンを食べるのみで、何もできない。エビ、プリプリだ……おいしい……。

食べながらぬいぐるみを目で追うが、話しかけようにもすごく忙《いそが》しそうで、一瞬もじっとしていない。奥に引っ込んだと思ったらまた皿を持って出てきて（二つも三つも）、ドリップコーヒーをいれたり（やかんを鍋《なべ》つかみなしで持ってる）、会計をしたり（タッチパネル大丈夫なのか）――ランチタイムだもんね。そりゃ忙しいよ。

「あのう――」

突然隣の女性から声をかけられて、コッペパンを取り落としそうになる。

「あ、すみません、びっくりさせせちゃいました？」

「い、いいえ、大丈夫です……」

落ちなかったからよし。

「ぶしつけな質問でごめんなさい。もしかして出版関係の方ですか？」

そんなことを訊かれて、夕海はさらに驚く。顔に書いてあるのだろうか。

「あ、ええ、まあ……」

あんまり軽々しく個人情報を出すのも、と思うけれど、かといって嘘《うそ》も言いたくない。複雑な乙女心《おとめごころ》（乙女関係ない）……。

「そうなんですか！　あたしもなんです！」

すごく喜ばれてしまった。嘘じゃないからいいけど、適当に話を合わせている場合だったらどうすんだ。

「もしかして作家さんじゃないですか？」

え、ここで「なんでわかるんですか？」と答えたら相手の思うつぼ——っていうか、よくあるパターンではないか。わたしだって一応ミステリー作家の端《はし》くれだから、そんなのわかるもん！

「どうしてそう思うんですか？」

これもまた定石《じょうせき》ではあるけれども、そう答えてみた。

「いえ、ここに初めて来た作家さんって、みんなさっきまでのあなたみたいな態度を取るので」

……そんなふうに答えられるとは思わなかった。

「えっ、どんな態度でした⁉」

「ぶたぶたさん――マスターのこと、ずっと見てましたよね？」

うっ、バレてた……というか、人に見られているとは思わなかった……。それにしても、「ぶたぶたさん」とはなんとぴったりな名前だろう。

「作家の人は、どうしても気になるようで」

「いや、作家じゃなくても気になるでしょう？」

気にならない人がいたら教えてほしい。

「みんな気にしますけど、作家さんは見方が大胆《だいたん》で」

……大胆というか、そういう人はとにかく不思議なもの、知らないものをじっくり観察したいと考えるであろう。ネタはすぐに血肉《ちにく》にしたい、と思うのが作家の性《さが》だ。いや、そうなのかな？　いろいろな人がいるんだから、全然気にしない作家がいたって変じゃないはず！　作家じゃない人が大胆な場合だって！　まあ、わたしは言われたとおりではあるけれども。

「あ、あたしも小説書きなんです」

女性が言う。

「えっ⁉」

いや、そうじゃないかな、とは思ってた。

「知ってますか――」

と挙《あ》げた著書《ちょしょ》のタイトルに、夕海は驚く。

「え、塚田瑠璃子《つかだるりこ》さん、ですか？」

「あー、知っててよかったー」

塚田瑠璃子は、最近話題の純文学《じゅんぶんがく》作家だ。芥川賞《あくたがわしょう》に最も近いと言われている若手で、純文学にとらわれずエンタメ作品からエッセイ本まで幅広《はばひろ》く出版している。

「あ、でも最新作しか読んでない――」

「もうっ、もうそれで充分《じゅうぶん》です！」

そうか、充分なのか。

「あの、そちらは……？」

「いや、わたしの作品タイトル挙げるなんて恥《は》ずかしい……」

「ここの誰かしらが読んでますよ！」

「誰かしらって、他にも作家さんいるんですか？」

「今日はライターさんとマンガ家さんかな？」

それにこの人を加えたら、充分すぎるくらいいるけど。

「知らないだけで、他にもいるかもしれないけど。あなたみたいに」

な、なるほど。そう言われてちょっと勇気が出た夕海は、試《ため》しにデビュー作のタイトルを言ってみる。

「ああっ、読んでますよ、それ！」

「ええーっ、ほんとですか！」

つい大声を出してしまい、二人で口をおさえる。

「じゃあ、高坂夕海さん……？」

「そうです！」

塚田瑠璃子の口から、自分の名前が出るとは！

そのあと、小説の感想を言ってくれた。面白かったたって⁉　ほんとに⁉

「ありがとうございます！」

「いや、それしか読んでないんですけど――」

「充分です！」

思わず同じことを言ってしまって、二人で大笑いをする。いやあ、迷惑な二人だな！

「盛り上がってますね」

マスターが声をかけてくれる。

「すみません、うるさくて……」

ほぼ初めてなのに、図々《ずうずう》しい……。

「いえいえ、今は空《す》いてるからいいですよ」

「あっ、ぶたぶたさん、この方、高坂夕海さんですって！」

「おおっ、そうなんですか？」

マスターはすらすらと夕海の著作《ちょさく》のタイトルを並べた。

「最新作はまだ未読《みどく》なんですが、他のものは読んでます。あと引く面白さですよね」

はあああ……なんだか幸せな気分になった。人に自分の本を読んでもらって、「面白い」と言ってもらえるだけで、こんなにもうれしい。この店に来るまで持っていた不安なんか消えてしまったみたいだった。

瑠璃子と連絡先を交換して、以来二人で遊びに行ったり、他の作家さんを紹介してもらったりと仲良くさせてもらっている。

そうして知り合った人たちと、示し合わせたわけじゃないのに、しょっちゅうここで会うのはどういうことだろうか。生活のリズムが似ているのかもしれない。このカフェを中心に生活しているところがみんなあるから。

仕事に詰まったらカフェへ行って、みたいな生活をしていたけれども、さすがに〆切が近いと行くのに躊躇《ちゆうちよ》してしまう。友だちに会うとそこから流れでごはんに行ったり、飲みに行ったりしてしまうから……やはり我慢しないと。

今書いているのは、ある雑誌に掲載《けいさい》予定のホラー短編だ。テーマは特にないから自由に書いていいのだが、なかなかネタが浮かばない。

ネタ帳《ちよう》を見てもピンと来ず、それでもペラペラとめくっていると、ノートの枠外《わくがい》にこんなことが書いてあった。

『お母さんの怖い話』

それを見て、パッと記憶が甦《よみがえ》った。子供の頃、「怖い話して」と母にねだると必ずしてくれた話。母の鉄板《てっぱん》ネタだ。それは確か、こんなのだったはず——。

ある真夜中、一人の女性がひと気のない道を歩いていた。大学のグラウンドの裏手で、非常に寂《さび》しい道だが、近道なのだ。

彼女はその日、とても疲《つか》れていて、ぼんやりしたまま機械的《きかいてき》に足を動かしていた。何も考えずに、ただひたすら早く家に着くことだけを目的に歩く。街灯《がいとう》の数は明らかに足りず、足元は暗い。それでも彼女はその灯《あか》りを頼りに歩いた。

その時、前方に場違《ばちが》いなくらいの煌々《こうこう》と明るい光が見えた。電話ボックスだ。白く光るボックスの中には、傷だらけの公衆電話が見えた。

ふいに、それが浮かぶ。電話番号だ。

彼女はそれを頭の中で反芻する。誰の番号？　教えてもらった？　どこかで聞いた？　そう自分に問いかけたが、何もわからない。記憶にない番号だった。なのに、なぜか頭をグルグル回る。

あの電話で、かけてみようか。

そんなことを思ってしまった。いやいや、こんな時間に電話するなんて、非常識《ひじょうしき》だ。やめた方がいいに決まってる。

しかし電話ボックスに近づくにつれ、その番号が何なのか確かめたいという欲求が募《つの》ってきた。わからないままにしたくない、気持ち悪い、今ここに電話があるんだから、でもやっぱり真夜中に電話だなんて——。

彼女は電話ボックスを通り過ぎることができなかった。ドアに手をかけ、中に入る。コインを入れて、思い浮かんだ番号に電話をかけてしまった。

次の瞬間、彼女の耳には人間とは思えない、まるで悪魔《あくま》のような叫《さけ》び声が響《ひび》いた——。

最後に「ギャーッ！」と叫んで夕海を怖がらせるのだ。だってほんとに悪魔みたいだったんだもん……。毎回びっくりするわたしもわたしだったな。

これって母の実体験？にしては、そのあとどうなったのか聞いた憶《おぼ》えがない。聞いたけど忘れてしまっただけだろうか。

母に電話をして、たずねてみると、

「あー、あれ。実体験じゃないよ」

あっさり言われて拍子《ひょうし》抜《ぬ》けする。

「昔、テレビで見たんだよね」

「昔っていつ頃？」

「お母さんが小学生の頃」

それって……母は五十代のなかばだから、もう四十年以上前ではないか。

「じゃあ、小説のネタとしてはそのまま使えないか……」

「もしかしたらテレビで放送してた話とは違うかもしれないけど。何度も話してるうちに内容が変わっちゃったかもね」

それはそうかもしれないが、これをまるでオリジナルの実体験のように扱うわけにはいかない。

でも、夕海はこの話が好きだった。中高生くらいの頃は、友だちにしょっちゅう話していた。怖がる友だちを見て、母もこんなふうに楽しんでいたのかな、とよく思ったな。

新しいネタも相変わらず浮かばないし……なんとかこれをアレンジして、作品に仕立て上げようと四苦八苦《しくはっく》していた。

だが、どうしても「悪魔の叫び声」というところでひっかかる。それの正体《しょうたい》がいったいなんなのか、というのが思い浮かばないのだ。

別に本当に「悪魔の叫び声」というオチでもかまわない。ホラーだから。ただ、そのつもりで書いてもなぜか筆が乗らないのだ。結局「悪魔の叫び声」とはなんなのか、というところで堂々巡《どうどうめぐ》りをしている。

電話に出たのが人だとするとそれは誰なのかとか、なぜそんな声を出すのか、どこにかけたらそんな声とか音が出るのかとか、いろいろ考えてもどうもしっくりいかない。あんまり怖くないように思えてしまう。

しかし、〆切は容赦《ようしゃ》なく近づいてくる。どうする？　うまくいかないからきっぱりやめて、新しい話を考える？　それとも、アイデアがまとまるまでこのネタでもう少しがんばる？

どちらにすればいい結果が出るかはわからない。どっちを選んでもどうにかなった経験がある身としては、判断のつけようがない。

ああ、頭が動かない。知恵熱《ちえねつ》出そう……。

〆切をクリアするまで、と我慢していたが、これはもう、文壇カフェに行くしかない！　マスターに話を聞いてもらえば、きっと何か打開策が見えてくるはずっ。

ランチタイムのあとのカフェタイムは、店が比較的空いていて、マスターとも話しやすい。テーブル席は打ち合わせでもしているのか真剣な表情の二人組が二つに、あとは壁際のハンモック席が大半埋《う》まっている。みんなパソコンを開いているか、本を読んでいるか――実に静かな午後だった。

誰もいないカウンターに陣取《じんど》り、カフェタイム限定のスイーツコッペパン二種盛《も》りを頼む。半分に切ったコッペパンに甘いものをいろいろとはさむだけなのだけれど、今日は生クリームとチョコレート、そしてあんバターにしてみた。生クリームを詰めたコッペパンはチョコレートのアイシングとアンゼリカでレトロケーキ風のデコレーション。たっぷりのあんことろけるバターをはさんだあんバターは、シンプルに塩のトッピングだ。

素朴《そぼく》だが、なんと罪深《つみぶか》いメニュー。

「マーガリンの方がなつかしくて、それを好《この》む方も多いですけど、最近の流行《はや》りはバターですからね。どっちにしろあんこはヘルシーだから、カロリーの罪悪感を帳消しにするような気になりますね」

マスターがまるで夕海の考えを読んだように言う。

「まあ、〝気がする〟だけですけど」

かわいい顔して、非情《ひじょう》なことをつけ加える。でも気にしない！

生クリームとチョコレートはなんだかなつかしい味がする。あんバターはマーガリンとは全然違う。塩気が甘さを引き立てるし、なんだか贅沢《ぜいたく》な味だ。バターの量のことは考えない。

いや、おいしいものを堪能《たんのう》しているヒマはなかった！

「相談があるんです」

うだうだしているヒマもないので、直球《ちょっきゅう》でマスターに話しかける。そのために空いている時間に来たんだから！

「どうしました？」

水のポットを持ったまま、マスターはこちらに向き直る。そのたたずまいはなんだかお医者さんのようで、安心感が漂《ただよ》う。「スクリプト・ドクター」という職業が映画業界にはあるそうだが（脚本を治《なお》す、いや直す人）、さながらマスターは小説の筋《すじ》書《が》きを直す「プロット・ドクター」というところか。

「ホラー短編のプロットに悩んでるんです」

これと同じような悩みを持った作家から山ほど相談されているはず。

「どんな話にしようと思ってるんですか？」

「母が昔、話してくれたものなんですけど」

「ああ、いいじゃないですか。最近そういうの流行ってますよね。実話系というか、伝《でん》承《しょう》系みたいな感じかな？」

は、流行ってるんだ……。知らなかった。そう言われるとちょっと複雑だが、

「流行ってるというか、最近また浮上《ふじょう》してきた、と言うべきですかね」

「ああ、ずっと好まれてるってことですね」

そういうことならよかった……。

「お母さんの実体験なんですか？」

「いえ、それがね――」

と夕海はあらましをマスターに話した。

「はあ、なるほど。それで、何に一番悩んでるんですか？」

『悪魔の叫び声』の正体を何にするかってところです」

「え？」

マスターが驚いたような顔をした——とわかって、夕海もびっくりした。点目、大きくなったように見えたけど、気のせい？

いや、そっちじゃなくて、

「え？」

夕海も同じことを言ってしまう。

「あ、いえ、なんでもありません」

マスターはひづめのような手を鼻の前でブンブン振《ふ》った。

「そうですよね、正体ね……今のところは何を？」

なんだか様子がおかしい。あまり見ない反応のように思えるが、別にマスターのすべてを知っているわけではないし……。

「本当に悪魔の叫び声でもいいと思うんですけど、安易《あんい》すぎるかな、と……」

「うーん——」

マスターは突き出た鼻をぷにぷに押しながらうなる。これが考える時の彼のクセのようだ。

「けど悪魔にしても話が転がらないんです。なんでその女性がその電話番号を思い出したのか、とか、なんで悪魔が電話番号持ってるんだ、とかツッコミ入れてしまって」

「人間的な悪魔っていうのもありなんじゃないでしょうか」

ああ、そういう手もあるか。

「悪魔とコンタクトを取らせるために電話をかけさせる、ということですか？　詐欺《さぎ》電話とは逆に？」

「そうですね……。突然思い出したってところがひっかかるかもしれないので、そこを変えるとか」

「でも、わたしそこが一番、この話で怖いなって思ってたところなんですけど」

またマスターが驚いたように目を見開いた。ように見えた。

「だって、電話番号なんて普通頭に突然浮かびます？　わたしなんかテレビショッピングのも憶えてないですよ！」

あの語呂《ごろ》合わせみたいなやつ。憶える気がないからすぐに忘れる。

「お母さんはどんな電話番号を思い出したかとか言ってました？」

「いえ、ただの『電話番号』としか」

「語呂合わせの番号じゃないですよね？」

「違います」

っていうか、そんなんじゃ全然怖くない！

「ええと、お母さんが小学生の時の話なんですよね？」

「そうです」

その頃テレビでやっていただけで、本当はもっと前のことかもしれないが。

「その当時、みんな電話番号は憶えていたものなんですよ」

「わたしは実家の番号はかろうじて憶えてますけど――」

小学生の時は携帯を持ってなかったから、実家と祖父母の家の住所と電話番号などが書かれたカードを持たされていた。でもちゃんと憶えたのは自分の家のだけだ。祖父母たちの番号はそのカードを見ればわかるわけだし。

「もちろん住所録見て電話すればいいんですけど、学校でどれだけ記憶しているか自慢したりもしてね」

「え……マスターもですか？」

「そうですよ」

おじさん声だから自分より年上だろうとは思っていたが、完全に世代《せだい》違いの話をされると、頭がバグる。ぬいぐるみだから余計《よけい》に。

「どのくらい憶えてたんですか？」

「憶えておいた方がいい番号はほぼほぼ。件数は正確に憶えてないですけど、住所録の数ページくらいはそらで言えましたね」

「そんなに⁉」

「子供だと記憶力もいいですから、みんなそんな感じでしたよ」

「みんな」にマスターは含まれているのか——つまり彼の子供の頃のことなのか、それともその頃の一般的な常識の話なのかわからない。どっちにも取れるような話し方……。っていうか、マスターの子供時代って、どういうこと？　こぶたのぬいぐるみ？　バレーボールより小さかった頃？　テニスボールくらい？

「けどまあ、今はほとんど忘れてしまいましたよ。携帯のメモリでかけるってやっぱり便利ですよね」

なんかちょっと安心する。何に安心したのか、今一つわかんないけど！

「……なんの話してたんですっけ？」

「あー、そうそう。その頃の人は大人でもある程度の電話番号を記憶するのが普通だったってことです。だけど、新たに憶えた電話番号も、あまり使わないと抜け落ちてしまうことがあると思うんですよ。それをたまたま思い出したけど、記憶としてちゃんと定着してないから、なんの番号かわからない——ということじゃないですかね？」

そう言われても実感が湧かない。

「現代の話にしようかな、とも思ってたんですけど……」

「あ、そういうことならまた話は違ってきますよね」

昔の設定ならそれでもいけるかもしれないが、現代だとすると電話番号を憶える必要がないから、どうして突然思い出したのかというのにも理由は必要ってことだ。

うーん……考えれば考えるほど、わからなくなっていく。

「もうちょっと練ってみます……」

「思い切って別のネタにするというのも手ですけど」

それはわかってる。でも、何も浮かばないから困っているのだ。

「マスターは何か怖い話とかないですか？」

卑怯《ひきょう》な手に出る。

「うーん、怖いかどうかは人によるんですよね。僕の話はちょっと特殊なので」

ちょっとどころかかなり特殊だ。

「時間があったらお聞かせするんですけど……」

「いや、それは——」

聞きたいのは山々だが、それを独《ひと》り占《じ》めするのはもったいない。

「今度、トークイベントでもしてくださいよ」

割《わり》と本気で言っている。

「怪談《かいだん》話のですか？」

「マスターの怖い話も」

「えー、そんなに期待しないでください」

目間《めかん》にシワを寄せて、手をブンブン振るが、なんとなく絶対に怖い！　と思える。なんとなくなのか、絶対なのか。

「そろそろ帰りますね……」

このままうだうだとしゃべっていたい気分なのだが、お店も少し混んできたし、もう帰って原稿書くべき、と頭が警告《けいこく》を発している。

「参考《さんこう》にならずにすみません」

「いえいえっ、お話聞いてもらっただけでも落ち着きました」

これは本当。いつも助かっている。

それでもズルズルとコーヒーを飲んで、帰るのを引き延《の》ばしていた。だって……どうせ帰っても書けない……。

それでもやっと重い腰を上げて、店から出た。店は二階にあるので階段を降り、ビルの入口の前でため息をつく。急いで帰りたくない。しかし帰らないわけにはいかない。この近くのセレクト本屋さんにでも寄ろうかな。

そう思ってビルの裏手に回った時、こんな声が聞こえた。

「ぶたぶたさん、あの話って怖いっすね？」

若いバイトくんの声だ。ぶたぶた、つまりマスターに話しかけてる？

「ああ、聞いてたの？」

続いてマスターの声。ビルの裏口で何かしているらしい。

「すみません……怖い話とか好きで、つい」

あれ、もしかして……？

「『悪魔の叫び声』ってなんなんですかね？」

やっぱり……わたしのあの話をしてた。

「なんなんだろうね」

「なんか俺、それのこと、ぶたぶたさんは知ってるみたいだなって思ったんすけど」

……えっ⁉　そんな素振《そぶ》り……したかな？　よく憶えてない……。

「鋭《するど》いねえ」

マスターの返事に、夕海はショックを受ける。

「知ってるんですね⁉　なんなんすか、教えてください！」

「仕事が終わったらね」

「そんな長い話なんすかー！」

そう言いながら、ドアの閉まる音がする。

夕海はしばらく呆然《ぼうぜん》と立ち尽くす。どうしてマスターは教えてくれなかったんだろう。

悪魔の正体を知っていたのに……。

帰ってからも悶々《もんもん》とするばかりで、当然原稿は書けない。

ヤケ酒しようにも買ってこないといけない。それはめんどくさい——というか、そんな気力がない。

配信《はいしん》で昔のアニメをぼーっとながめて過ごす。いいな、頭使わないで見られる……。

しかし昔も泣いたエピソードを見てしまって、号泣《ごうきゅう》してしまう。

止まらない涙をティッシュで拭《ふ》きながら、次第に裏切られたような気分が湧いてくる。

あそこはわたしの癒《い》やしの場所だったのに。もう恥ずかしくて行けない。こんな無知《むち》をさらして……どのつら下げて行けというのだ。

自分が小説書いているから、特別な存在だと思っていた、というのにも気づき、それもまた恥ずかしかった。

ぐすぐす泣いていると電話が鳴る。電話なんか出たくない。こんな状況じゃ話せない……。

でも画面に出た瑠璃子の名前に、つい通話ボタンを押してしまう。

「どうしたの⁉」

瑠璃子はすぐに夕海の様子がおかしいことに気づく。

「瑠璃子さん……」

　こんな話を彼女にしていいものだろうか。マスターと彼女は本当に仲がいい。とても頼りにしているようだ。そんな彼女にマスターの悪口《わるくち》みたいなものを聞かせられない。それに、やっぱりなんだか恥ずかしい……。

　あっ！　突然気づいた。

　もしかして瑠璃子も知っているのかもしれない。たとえば読書家、ましてや小説家なら知っていておかしくない名著《めいちょ》の中のエピソードとか。知らないのはわたしだけなのかも！

　それを隠したままにしておく方が恥ずかしいかもしれない。あとから彼女に知られてあきれられるより、自分から言った方が……。

「あの、瑠璃子さん――」

　声がうまく出ない。

「何？　何があったの？」

「こういう話、知ってますか？」

　夕海はつっかえながら例の怖い話を瑠璃子に聞かせた。全然怖くならないし、単なる説明でしかないが仕方ない。

「……ううん、知らない」

だが、返ってきたのはこんな言葉だった。

「えっ、知らないの⁉」

てっきり知っているとばかり。

「何その知ってて当然みたいな言い方は」

と言って笑う。

「有名なエピソードじゃないの？」

「少なくともあたしは知らないけど」

「ええー……」

再度のショックに涙がようやく止まる。

「どうしてそんなこと思ったの？」

「だって……マスターが知ってるって言ってたから……」

「あー、そりゃマスターならね。でもそれを夕海さんが知らなくても別に泣くことないでしょ？」

「だって、わたしに教えてくれなかった……」

そこでようやく、瑠璃子に今日の出来事を話した。

「なんでわかった時に言ってくれなかったんだと思う？」

「それは……わかんないけど」

瑠璃子も少し戸惑《とまど》っているようだった。

「何か事情があるんだよ、きっと」

「そうなんでしょうね……」

「事情もなくそんな……意地悪《いじわる》みたいなことはしないと思うよ」

それはわかってる、わかってるけど……また涙が出てきた。

「今度一緒に行ってみよう。訊いてみればいいじゃん」

「立ち聞きしたのバレるよね……」

「それはしょうがないでしょ？　たまたまそこに居合わせただけなんだから」

「そうだね……」

「夕海さん、原稿はかどらなくて疲れてるんだよ。今日は早く寝なさい。今すぐ寝た方がいいよ」

瑠璃子に急《せ》かされて、夕海はスマホを持ったままベッドへ潜《もぐ》り込んだ。

「じゃあまた明日ね。よく眠ってね」

そう言われて目を閉じると、やはり疲れているのか、すぐに眠りに引きずり込まれてしまった。


次の日も瑠璃子のモーニングコールで起こされた。今時珍しく、彼女は電話派の人だ。SNSもほぼやっていないし。

時間を指定され、書けない原稿に後ろ髪をひかれながら、夕海は文壇カフェへと出かけた。

「落ち込んだ時は、まずはおいしいものを食べるんだよ」

そう言って、瑠璃子はお昼をおごってくれた。

コーンがたっぷり入ったコロッケサンドを食べて、そのなつかしい味にホッとしながら、ああ、ほんとに疲れていたのかも、と改めて感じた。ここに来るようになり、瑠璃子や他の作家たちに出会えて、だいぶ楽になったと思っていたけれど、ずっと長いこと――デビュー直後から引きずってきたストレスは全然解消できていなかったのかもしれない。

「最近、あんまり寝てなかったよ……」

瑠璃子に言う。

毎日原稿を書いているのだが、ノルマを果たせないと夜遅くまでそれをこなせるようにがんばってしまうのだ。それでもダメな時はダメだし、そんな時は潔《いさぎよ》くあきらめて寝てしまった方が絶対に効率がいいと頭ではわかっているのに、気持ちが焦《あせ》って結局毎日寝られなくて――という悪循環《あくじゅんかん》におちいっていた。

だからあんなに大泣きしてしまったのかもしれない。

「うまく気分転換できてないのかも……」

「そうだね。自分なりのその方法を見つけるのって難しいよね」

瑠璃子も――というより、みんなそうなのかな。そうなんだろうな。でも、自分の苦しみや悩みは自分のものでしかないし、それをどう感じるかを人と比《くら》べても仕方ない。

「頭でいろいろ分析しても、実際に試すとたいてい失敗するもんね」

理屈じゃ解決できないものは、試してみて失敗してのくり返しだ。小説の書き方と同じだな。それも頭でわかってはいるけれど……。

「けど、どんなことだって明日には解決方法がわかるかもしれないじゃん」

そんな明日が来る保証《ほしょう》はないけれど……あきらめの日々よりも、失敗が増えるだけそんな日が近くなるかもしれない、と思える日々の方がきっといい。

「そうだね……」

できたら早めに来てほしいけどね。

食事が終わってからカウンターに移動して、コーヒーを飲みながらマスターと話をした。

「ぶたぶたさん、高坂さんが話したいことがあるんだって」

「なんでしょう？」

首を傾《かし》げる仕草があざといほどかわいい。けど、それに悶《もだ》えている場合ではない。

「あの、この間ホラー小説のこと相談しましたよね？」

「はい」

「電話で『悪魔の叫び声』が聞こえたって話」

「ええ」

「単刀直入《たんとうちょくにゅう》に言いますけど……マスターはあの『悪魔の叫び声』の正体がなんだかご存知なんですよね？」

「え？」

点目が見開く。今度こそ錯覚《さっかく》じゃない——と思う。

「すみません、裏でバイトの人と話してるのを聞いちゃって……」

「あ、そうなんですね」

そうは言っても点目はやはり表情が読めない。

「知ってたのに、わたしに言ってくれないってちょっとショック受けちゃって……」

言ってててなんてめんどくさい奴《やつ》なんだ！　と自己嫌悪《けんお》してしまうが、口から出たものは戻せない。

「あ、いや、別に知ってるわけじゃないんですよ」

ピンク色の両手をぶんぶん振りながら、マスターはあわてたように言う。

「僕もそれの正体は知らないです。聞いたことのない話だったし。ただ、お聞きした時に『それって絶対にアレだな』って思っただけで」

「アレってなんですか？」

「FAX《ファックス》です」

「あー！」

隣で瑠璃子が声を上げる。

「FAXって、あの……」

夕海にとってFAXとは、アルバイトした会社に置いてあって、たまに紙がずらずら出てくる電話みたいな機械——「FAX来てるか見てきて」と言われて、床《ゆか》に落ちていた紙を拾《ひろ》ってまとめて渡した程度の関係性でしかなく……。

「よく知らないんですけど、一応電話なんですよね？」

「簡単に言うと、電話回線を使って書類をやりとりする機械ですね。あの話って多分、FAXが普及《ふきゅう》し始めた頃のことなんじゃないかな、と思ったんですよ」

「え、それって電話したら悪魔の叫び声みたいな音出すんですか？」

「知らないの⁉」

「瑠璃子さん、知ってるの⁉」

知ってなくちゃいけない⁉

「うち、家電《いえでん》があって、実家《じっか》とやりとりするためにFAXついてるの。親がメールとかしない人たちなんだよね。仕事でも使うかなって思ったんだけど、一回だけ短いゲラを送ってもらっただけ。返事はメールでしたよ」

ゲラはメールか郵便《ゆうびん》でしかもらったことがない……。

「わたし、FAXを送ったことはないです」

いや、「受け取った」といっても紙を拾っただけだし……実質、「使ったことがない」というべきか。

「うちのFAXの音、聞かせてあげるよ」

瑠璃子が自宅の番号に電話する。スマホを耳に当てられて聞き耳を立てていると、

「まずは留守電《るすでん》につながるからね」

そういえば、彼女の自宅の番号って知らなかった。知らなくてもまったく支障《ししょう》がない。家電は夕海は持っていない。

『ただいま留守にしております』

という無機質《むきしつ》な音声が流れたあとに、突然耳障《みみざわ》りな音が夕海の耳をつんざく。

「わっ！」

何、この音！　なんかギュルギュルとかピーとか言ってる！　耳がキーンとする。

「ね？」

瑠璃子が言う。何が「ね？」なの⁉

「ああ、久しぶりに聞きました」

マスターの声はなんだかなつかしそうだが、大きな音だからスマホから漏《も》れていたのか。

「たとえば会社で新しくＦＡＸ導入《どうにゅう》するからその番号を教えてもらったけど、聞いた人がまだＦＡＸってよく知らなくて、なおかつ少し間があいた時に突然思い出してしまった。しかもそれが夜中の電話ボックスで、ってシチュエーションだったら、聞こえたこの音を『怖いもの』と思ってしまうこともあるんじゃないですかね」

マスターは淡々《たんたん》とそう言う。

「じゃあ今のわたしがそういう状況になるってこともあるわけですか？」

「ＦＡＸを知らないのなら、どこにつながったんだ⁉　と思うかもしれませんよねえ。家電だったら、今みたいに留守電につながるとか、そういうワンクッションがあるかもしれませんが、会社とかだと専用番号でしょうから、いきなりあの音が流れちゃうんですよね」

確かに怖い。聞いたことのない音だから、そりゃそう思う。でも……それは別の「怖さ」だ。ホラーとして書こうとしていた「怖さ」ではない。

夕海はなんだか力が抜けてしまった。

「はあ〜」

とテーブルに突《つ》っ伏《ぷ》す。

「すみません、昨日言えばよかったですかね？」

「いえ……」

ミステリー作家なのに……知識も洞察力《どうさつりょく》も足りなくて……トホホって気分だった。語彙《ごい》力も落ちている気がする……。

でも、なんだか気持ちは楽になっていた。この数日で、わたしの視野《しや》はとても狭《せま》くなっていた、とわかったからだ。一つのネタにこだわり、それを別視点で見たり、使えるかどうかの見極《みきわ》めもできていなかった。

しかし、それで自分を過剰《かじょう》に責《せ》めてもなんの解決にもならない。夕海は情《なさ》けない立ち止まり方をしたが、本来情けないからどうとかそんなのは関係のないことで――大切なのはきっと、立ち止まろうと思うことなのだ。

「あっ」

夕海は顔を上げる。

「アイデアが浮かびました」

新しいホラー短編のアイデアが。

「ほんと⁉ じゃあ、書かなきゃ！」

瑠璃子が言う。

「アイデアが頭からこぼれる前に帰ろうよ」

「うん」

猛烈《もうれつ》に書きたい気分になっていた。

「マスター、ありがとうございます」

「いえいえ、僕は何もしてないです。なんかせっかくの思い出のお話を怖くなくしちゃったみたいですみません……」

確かにそうだけど、そのことは別に残念とは思わなかった。夕海があの話にこだわっていた理由は、多分出来上がった作品を母に読んでもらいたかっただけだったのだ。怖い話を書こうとしていたんじゃなくて、母が怖い話をしてくれた、という「楽しい思い出」を小説にしようとしていただけ。

だったら、別の方法はいくつもあるはずだもの。

夕海はすぐ家に帰って、二日間で短編を書き上げ、〆切当日にメール送信することができた。

幸い編集さんにも好評だった。ようやく安心して、さっそく瑠璃子とマスターにお礼のメールを送る。

送信ボタンを押したあと、夕海は文壇カフェからの帰り道、電車の中で瑠璃子と交《か》わした会話を思い出す。

「なんでこんなめんどくさいわたしにつきあってくれたの？」

彼女の方がずっと忙しいのに。

「最初に話しかけた時から決めてたの。そうじゃなきゃ声もかけない」

「なんで？」

「すごく悩んでるってわかったし、絶対に小説家だっていうのもわかったから」

瑠璃子は不思議な勘《かん》が働くらしい。夕海はどちらかといえば周りが見えないタイプなので、うらやましい。

「あたしもあそこであんなふうに悩んでたら、ぶたぶたさんが声をかけてくれたの。だからあたしもそういう人に声をかけようって思ったんだよ」

夕海もいつか、そんなふうに声をかけることができるだろうか、マスターや瑠璃子のように。

置き去りの子供

タクシーから降りた麻絵《あさえ》は、白亜《はくあ》のホテルの壮麗《そうれい》なたたずまいに動けなくなった。

ちっとも変わっていない――と思ったけれども、果たして自分の記憶どおりなのか、定《さだ》かではない。ネットで見た外観《がいかん》が上書きされただけかもしれない。

けれど、麻絵がいつも夢見ていたのは、このホテルだった。つらい時は、小さい頃の思い出の中に入り込み、ホテルを散策《さんさく》する。高い天井、上品な装飾《そうしょく》のロビー、クリスタルのシャンデリア、キビキビと働く従業員――麻絵はいつの間にか猫脚《ねこあし》の椅子《いす》に座って庭をながめている。和洋がほどよく混じった庭園をテラスから見下ろしながらお茶を飲んだり、朝食をとったり――そんなことを想像しているうちに時間は過ぎ、つらいことから少しだけ遠ざかることができた。

逃げ込む場所が現実に存在するなんて、ここに来るまで実感できなかった。

「本当にあるんだ……」

と思わずつぶやいてしまう。

ドアマンが近づいてきた。

「荷物お運びしますね。どうぞこちらに」

サッと麻絵のバッグを持って、先に立つ。「いいです、自分で運びます」とか言いそうになるが、ぐっとこらえる。ここは、こういう世界観なのだ。ある意味、つかの間の異世界《いせかい》へ来たようなもので、客もそれを楽しんだ方がいい。

ホテルは静かににぎわっていた。人はそこここにいるが、みな声をひそめて会話をしているようだった。

また立ち止まった麻絵は、ロビーを陶然《とうぜん》と見渡す。二階へのシンメトリックな階段にはふかふかの絨毯《じゅうたん》が敷かれ、折《おり》しも上品な老夫婦が足音もなく降りてくる。絵画を見ているようだった。

その時、階段の踊《おど》り場《ば》のすみを小さな影がよぎった気がした。特徴のある耳や鼻が一瞬見えたような……。

あれは……あれを追いかけて、小さい頃の麻絵はこのホテルの中を歩き回ったのだ。もう何年になる？　三十年以上にも——。

「お客さま？」

ドアマンの声にハッとする。あわててフロントへ向かう。

「ご予約の桐生《きりゅう》さまですね」

スラリとしたフロントの女性がにっこり笑ってそう言う。

「は、はい」

鍵《かぎ》（さすがにカードキー）が差し出され、それを受け取ると今度はベルマンが麻絵の荷物を持って、部屋へ案内してくれる。

中に一歩入ると、麻絵はなつかしさに立ち尽くしてしまった。ああ、この部屋だ。間違っていなかった。真正面に見える大きな窓に揺れる木——これをまるで額縁《がくぶち》のように縁取《ふちど》っていた。この木は、このホテルのシンボルのような大樹《たいじゅ》なのだそうだ。それを憶えている家具や絨毯も同じだ。

窓際に置かれているライティングデスクを見つけて、麻絵は身体《からだ》が強《こわ》ばるのを感じた。あれも、同じもの？　記憶の中にあるものととてもよく似ているが……。近寄って確かめたい、でも怖い——そんな気持ちが浮かぶ。

「桐生さま？」

名を呼ばれてハッとなる。現実に立ち返ると、とたんに自信がなくなる。

……多分同じ。いや、部屋番号が同じなんだから、そのはずだ。自分の記憶違いでなければ……。

「ありがとうございます」

荷物を持ってもらったベルマンにチップを払うべき？　と悩んでいる間に、彼は一礼をして出ていってしまう。ここは日本だから、チップはいらないはず、と思いながら、よかったのかな、とほんの少し後悔する。

なんてことをついグルグル考えてしまうが、明日には帰らなくてはならない。あまり時間がない。このホテルで確かめたいことがいくつかあるのだ。

すぐに行動を起こすべき、と思いつつ、窓に面した椅子がとても座り心地がよさそうで、どっかりと腰を落ち着けてしまう。

外はすでに夕暮れの気配が迫《せま》っていた。こんなふうに座って、外を見ていた記憶もよみがえる。

ラウンジでお茶を飲もうかな。それとも、ルームサービスで頼もうか。でもルームサービスってとっても贅沢な気がする。昔は部屋に着くなり、母がどこかへ電話して、しばらくすると銀色のワゴンに載ったたくさんのおいしそうなものが運ばれてきたものだった。自分自身で利用したことがないから、頼むのには勇気がいる。

麻絵はよっこいしょと立ち上がる。むりやりと言ってもいい。最近歳のせいか、腰が重いこと重いこと。いや、それは言い訳《わけ》？　アラフォーだとしても、もうちょっと運動やダイエットもしなくては。

とりあえず、部屋の中を調べる。広めのツインルームで、ベッドも大きい。ここに家族三人で泊まった。麻絵は母と一緒のベッドだったが、充分な広さだった。だいたいいつも同じ部屋だったと思う。たまに違う部屋だと、父が文句を言っていたのを憶えている。

今日はここに一人で寝るのか。部屋の番号を憶えていたから同じ部屋を予約できたけれど、やはり贅沢な気分になる。

机《つくえ》やドレッサー、荷物を入れるクローゼットなどは作り付けではなく、アンティークの家具が置かれている。

そして、窓際に置かれたあのライティングデスク——。

部屋に入った時に見たっきり、意識して見ないようにしてきたが、一度目を向けると釘付《くぎづ》けになってしまう。

いつまでもこうしているわけにもいかない。目的を果たさなければ。

麻絵は椅子から立ち上がり、デスクに近づく。脇《わき》に座り込んで、よくよく観察する。

木目《もくめ》がツヤツヤに磨《みが》かれていて、ほんのりといい香りがした。

ふたを開けると机になる、というのが珍しかったから、自分の机もこんなふうにしてほしい、と頼んだ記憶がある。もちろん親は笑って「そのうちね」とか言っていたけれど、叶えられることはなかった。祖父母に買ってもらった学習机があったから当然なのだが、ゴテゴテした子供っぽいデザインより、こういうシンプルなものの方が好みだったのだ。

机のどの面も、自分の顔が映るくらい磨かれていた。それがとても面白いと感じた。鏡《かがみ》でもなく、しかも茶色いものに映るというのが、当時の麻絵には不思議だったらしい。ガラスにだって水面にだって映ると別に知らなかったわけじゃないのに、なぜか大発見をしたように思っていた。ライティングデスクの脇に座り、ずっと茶色い側面を見つめ続けると、自分の顔なのに、別人のように見えた。

あの時もここにこんなふうに座って、そして――。

麻絵は机の表面をそっと撫《な》でた。

小さく声が出る。手触《てざわ》りが違う。というか、突然手触りを思い出した。あの時、どんなふうに触《ふ》れていたかも。

「あ……」

「……これじゃない」

似ているけれど、このライティングデスクは別のものだ。さらに観察すると取っ手の形が違うことにも気づいた。修理したもの？　その可能性もあるけど……。

そんなこと当たり前か。自分の子供の頃から何年たっていると思っているんだ。

でも、雰囲気《ふんいき》を変えないように気をつかってるんだな。麻絵は立ち上がり、部屋の真ん中に立った。ぐるりと見回すと、本当に昔のままとしか思えなかった。何年、あるいは毎日利用しても、こうやって数年たってやってきても、同じ居心地を保《たも》っている。これが老舗《しにせ》ホテルということなのだろう。

それでいいんじゃないか。

麻絵は心の中でつぶやく。自分の一番の目的は果たされた。これで終わり。この部屋の状態こそが答えだ。

これで納得してあとは普通に楽しめるはずだった。しかし麻絵は、そんな気分にはなれない。だって、あの影を先に見てしまったから。

それはどちらが先でも変わらなかったかもしれない。自分はこのホテルにいる限り、どんな状況でもあの影を探すだろう。

それに、影は見つけるだけが目的ではなかった。麻絵は、あの影ともう一度話したかったのだ。

探しに行かなくちゃ。麻絵はようやく部屋を出る決心をした。

ドアを開け、鍵を閉めようとした時、廊下《ろうか》の隅《すみ》で何かが動く気配がした。気のせいかもしれない。気にしすぎているからそう感じるだけかもしれない。

そこに何もないとわかっていても、麻絵は振り向き、誰もいない空間にため息をついた。

ラウンジでは紅茶を頼んだ。

夕食はだいぶ遅い時間に予約したので、何か食べても支障《ししょう》はなさそうだが、ケーキなどはちょっと重すぎる気がして、焼き菓子のセットを注文した。

紅茶はとてもいい香りで、焼き菓子――小さめのフィナンシェとマドレーヌもおいしい。特にフィナンシェはアーモンドの香ばしさと甘さのバランスがいい。

優雅《ゆうが》なティータイムであるが、麻絵は昔を思い出して寂しい気分になる。ここでもしょっちゅうお茶を飲んだ。いや、麻絵は子供だったから、オレンジジュースだった。百%果汁で、その場で搾《しぼ》ってくれる。他では飲めない珍しさと甘酸《あまず》っぱさ、ワクワク感を今でも思い出せる。

麻絵の父方の一族は、かつてはこのホテルと同じ地に住んでいた。親族で手広く商売や会社をやっており、ここを定宿《じょうやど》にするくらい裕福《ゆうふく》だった。ちょっとした集まりから大規模な会食、普通の外食、結婚式、会社のパーティなど、常にここを使っていた。

だが、麻絵が十歳になった頃から、親族の会社や商店が次々と倒産《とうさん》していく。子供にはわからなかったが、おそらく以前から兆候《ちょうこう》はあったのだろう。まさに、一斉に崩壊《ほうかい》していった。あまりほめられた経営をしていなかったからなのか、地域の誰も手を差し伸べてはくれなかったらしい。

仕事を失った父は酒浸《さけびた》りになり、しばらくは母が働きに出て家計を支えていたが、食卓に置いておいた麻絵の給食費を父が親戚に渡してしまったことから両親は離婚し、北関東にある母の実家へ引っ越した。

以来、幼い頃のような贅沢な暮らしとは正反対の、だが穏《おだ》やかでのんびりとした田舎《いなか》暮らしが始まった。父といた頃は毎週末に親戚で集まり、年末年始には海外へ行って――楽しいこともあったが、いとこたちにいじめられたりもしたし、怖かったり嫌味《いやみ》な親戚も多かった。それに、麻絵はしょっちゅう風邪をひいたりお腹《なか》を壊したりしていた。毎日のように習い事をしていたが、ほとんどはいやいややっていたからだ。

それが田舎に移って以来、嘘のように健康になり、ストレスもなくなって成績も上がった。以前の学校ではなんとなく遠巻きにされて浮いていたのだが、田舎の学校では初めて友だちもできた。その子たちと遊んでいると、昔のことは全部幻《まぼろし》で、自分はずっとここで育ったんだと錯覚してしまうこともあった。

それでもたまに夢に見た。ホテルのきらびやかな内装、その中にたたずむ自分。父と母もいる。三人だけでホテルを散策するのだ。

両親は仲のいい夫婦だった。親戚づきあいのことでよくケンカをしていたが、田舎みたいなのんびりしたところで三人だけで暮らしていたら、あんなふうにはならなかったかも、と今でも思うことがある。父とはもう、何年も音信不通《おんしんふつう》だ。死んだという話を人づてに聞いたが、それが本当かどうかはわからない。母は三年前に亡くなった。病気だったが闘病《とうびょう》はわずかで、苦しまず眠るように死んだのだけが救いだ。

今の麻絵は、あの頃の着飾った生意気《なまいき》な子供ではなく、少し無理をしてこのホテルに泊まりに来た平凡《へいぼん》な中年女性だ。結婚もしたが離婚して、一人で育てた娘は今年就職《しゅうしょく》した。そこで思い切ってここへやってきたのだ。数年続けていた小銭《こぜに》貯金が存外《ぞんがい》にあったというのもある。入院中の母と、このホテルの話をよくしていたことも、より強くここへ来たいと思うきっかけになった。

こうやってお茶を飲んでいるとあの日のことを思い出す。

父母と祖父母、親戚たちとこのラウンジでお茶を飲んでいたが、子供だから麻絵は当然飽《あ》きてしまう。そんな時はいつも、

「冒険《ぼうけん》してきていい？」

と母にたずねる。たいてい、

「いいよ」

と言われるので、麻絵は一人でホテル内の〝冒険〟に出かける。気ままに歩き回るだけなのだが、何しろ広いし、入り組んでいるのでいくら歩いても見たことのない場所に

出る。まあ、自分が一度来た場所を記憶していないというだけだったかもしれないが。ゲームのダンジョンの地図が憶えられないのと同じような感じで、いつも〝冒険〟していた。

その日は、ホテルのなるべく裏側を目指すようにして歩いていたように思う。ガラス越しの裏庭を見つけて、すごく喜んだことを憶えているが、次の瞬間、迷ったことも悟《さと》った。

とはいえ、迷子になら何度もなっていた。少しウロウロしているとホテルの従業員に出会うから、ラウンジに連れていってもらう、というのを何度もくり返していた。……今考えると迷惑な話だ。親族があまり評判がよくなかったことの一つに、ホテルを一人でウロウロする子供をほったらかしにしていたのも入っていたかもしれない。

とても恥ずかしく思うと同時に、やはり別世界の思い出のようにも思えた。あの頃の自分と今の自分が乖離《かいり》している。すごくよく知っている別の子供のことを思い出しているみたい。自分のことだから憶えているのは当然なのに、「こんなに憶えてるなんてすごいなー」と感じたり。

それとも、やっぱり単にインパクトの強い思い出だから、鮮明《せんめい》に憶えているだけなのかも。

迷子になった麻絵は、従業員を探しながらのんびり歩いていた。そのうち出会うだろう、と考えていたが、廊下には誰もいない。人の気配もない。

ホテルの中にかすかに流れているはずの音楽もなく、窓もない。少し怖くなってきた。

「すみませ〜ん……」

声を出して呼びかけてみた。しかし、どこからも返事がない。廊下の両脇にあったドアを試しに開けてみようとしたが、どれも鍵がかかっていた。

え、どうしよう。涙ぐみながら元来た廊下を戻ろうか、それとも先に進むか迷っていると、突き当たりの廊下を小さなぬいぐるみがうつむいて歩いていくのに気づいた。

麻絵の足はピタリと止まる。身体が固まってしまったみたいだった。その間にもぬいぐるみは歩いている。どう見ても人間ではない。自分で足を動かしている。

やっぱりここ、ホテルじゃない……。なんか変なところに入っちゃったんだ。もうお母さんのところに帰れないかもしれない……。

そんなことを思いながら前を凝視《ぎようし》していると、ぬいぐるみが顔を上げ、麻絵を見た。

「あっ！」

そんな声が聞こえる。ぬ、ぬいぐるみがしゃべった！　いや、鳴いた？

すると今度はタタタタッとこっちに向かって小走り（？　のように見えた）で近寄ってきた。その速さに怖い、とも思ったが、足の動かし方がとてもかわいく見えて、すごく面白く、どうしたらいいかわからずじっとしているしかなかった。

「こんにちは。どうしました？」

麻絵の目の前に来たぬいぐるみは、こんなことをはっきりと言った。桜《さくら》色のぶたのぬいぐるみだ。大きさはバレーボールくらい。黒ビーズの点目に、突き出た鼻。大きな耳の右側はそっくり返っている。しかも声は、普通のおじさんみたいだった。とても優《やさ》しい感じの。

「迷子になりましたか？」

おそるおそるうなずく。すると、ぬいぐるみは麻絵の名前を正確に言った。びっくりした。どうしてこのぬいぐるみが自分の名前を知っているの!?　初対面のはずなのに……。

かろうじて麻絵がうなずくと、

「では、ご案内しますよ」

と先に立って歩き出した。でも麻絵の足が動かない。

少し歩いたところでぬいぐるみは振り向き、麻絵がじっとしているのに気づいた。その時、点目の間にシュッとシワが入ったのをよく憶えている。

ぬいぐるみはとととっと戻ってくると、

「どうぞ」

そう言って手を差し出した。ひづめみたいな手（？）の先には、濃いピンク色の布が張られていた。麻絵がおそるおそるそれを握《にぎ》ると、すごく柔《やわら》かくて、ぎゅっとつぶれてしまう。

「こちらです」

ぬいぐるみは全然気にしてなくて――麻絵は手を引かれるまま、歩き出した。

「どこかで階段降りなかったですか？」

足元の方から、そんな質問が聞こえる。しっぽが結《むす》ばってるな、とぼんやり考える。

「……降りたかも……」

「知らないドアも開けましたか？」

ドアは……とりあえず見つけたらノブをひねってみて、部屋だったら入るのはやめるけど、廊下だったら先に進んでしまう……。

「開けたかも……」

「じゃあ、施錠《せじょう》忘れかな？　ここは地下なので、普通は入れないんですよ」

入れないところなのか——そう思うとちょっとワクワクした。手を引かれながら、よく見ておこうと顔をあちこち巡らす。

「どうぞ」

声をかけられて振り向くと、エレベーターの扉が開いていた。言われるままぬいぐるみと乗り込むと、ゆっくりと動き始めた。

さすがにエレベーターには乗っていなかったので、もしかしてどこかもっと知らないところへ連れていかれるのでは、と思ってしまった。知らないところってどこ？　ぬいぐるみの地下帝国《ていこく》とか。けど、エレベーター上昇してる……。

いろいろ想像をしているうちにエレベーターは停《と》まり、扉が開いたそこは、さっきと似たような廊下だった。

え、全然変わってないように見えるけど……と思いながらもまた手を引かれて歩いていくと、ぬいぐるみは一つのドアの前に立ち止まった。

「どうぞ、ご自分で開けてください」

言われるままノブを回すと、そこは人が行き交うホテルの見慣れた廊下だった。

どうやってここまで来たんだろう、と後ろを振り向くと、すでにドアは閉まっていた。ぬいぐるみの姿もない。

「え？」

麻絵は今出てきたはずのドアのノブをつかんで回したが、鍵がかかっていた。ドンドン叩いても、何も起こらない。

いったい何が起こったのか、と呆然としていたら、

「麻絵！」

母があわててやってきて、手を引っ張る。

「どこにいたの？　そろそろ部屋に戻るよ」

母に今あったことを説明したかったが、どう言ったらいいのかわからず、黙ったまま部屋へ戻るしかなかった。

その日はなんだか眠れなかった。目を閉じると、あのぶたのぬいぐるみの点目が浮か

んでくる。父を含め知っている大人の男の人たちの中で、一番優しい声をしていた。

ようやく眠りにつくと、今度は夢にぬいぐるみが出てきた。ホテルに着くと、あのぬいぐるみが出迎《でむか》えてくれて、お茶の時も食事の時も散歩の時も、もちろん眠る時も一緒にいてくれる。なんだかそれだけで楽しく、麻絵は笑顔になる。

その頃、ぬいぐるみにはそんなに興味《きょうみ》を抱かなくなっていたが、このぬいぐるみなら欲しい、と夢の中で思っていた。

次の日から家に戻るまで、麻絵はぬいぐるみをホテルの中で探し続けた。いつもの目線から下を見るようにしてみたら、さりげなく隠れる桜色の影のようなものをたまに見かけるようになった。そのたびに追いかけたが、影はとても素早い。ある時は角を曲がった時に見失い、ある時は振り向くともう姿はなく、いたと思った場所に着いた時にはもう遅くて——そんな感じで一度も追いつくことはなかった。

ホテルを去る日も、ギリギリまでウロウロしていて母に怒られたが、次に来た時はあそこを探そうとかあそこをもう一度確かめようとか、そればかり考えていた。

しかし、それは叶うことはなかった。それからまもなく、親族の会社がうまくいかなくなり、ホテルで豪遊《ごうゆう》などできるはずもなく、半年後には父は職を失い、二年もたたずに麻絵は母の実家へと引っ越したのだ。

紅茶が少し渋く感じてきた。もう何十年も前のことなのに、思い出すと切ない。一つも自分のせいではないのだが、何かできたことがあったのではないか、という気持ちになってしまう。子供の自分にできることなんかなかったのに、と頭でわかっていても。

このホテルには、自分の子供時代が置き去りになっている。そう思えるのだ。


ラウンジを出て、麻絵は夕食までの時間、ホテルの〝冒険〟に出かけた。

子供の頃のように気ままには歩けないだろうが、この広い迷宮《めいきゅう》のようなホテルをなるべく隅々まで巡るつもりだった。

昔はそんなこと考えもしなかったが、大人なので館内案内を見てしまう。昔よくパーティで利用したバンケットホールでは、芝居《しばい》の上演などもあるとネットに書かれていた。今日はなんの予定もないようだが。

一階はフロントとラウンジ、バンケットホールやチャペルや会議室。二階に夕食を予約したフレンチレストランや和食や中華の店などがあり、三階が宿泊用の部屋。地下には美容室やエステ、写真館などがある。プライベートビーチやプール、庭園も日本式と洋式がある。三階建てだが横に膨大《ぼうだい》に広いホテルなので、子供でなくても迷いそうだった。増築《ぞうちく》を重ねたりしているのかな。あとで調べてみようか。

廊下を歩いているだけで楽しかった。小さい頃は見分けがつかなかったが、階ごと、部屋ごと、そしてテーマごとにデザインが細かく変えてあり、それを見つけるのも面白い。

そして改めて、ここを定宿にしていた頃の景気のよさを思い知る。あれはどう考えてもバブルの恩恵《おんけい》を受けていたのだ。だから、弾《はじ》け方が突然で、跡形《あとかた》もなくなってしまった。親族の誰かはまだこの地に住んでいたりするんだろうか。父と別れてからは何も聞いていない。

一階二階、そして地下と歩き回る。地下――多分あの時入ったのはこのさらに下の階に違いない。従業員用の階段があるのだと思うが、見つからない。どこかのドアの向こうなのだろう。それっぽいドアのノブを一度だけこっそり回してみたが、しっかりと施錠されていた。

怪《あや》しい動きばかりしているな、あたし。でも、それもほんの少し意識していた。なんだか視線を感じる気がしていた。こういうふうにしてれば、もしかしたらあのぬいぐるみが目の前に現れるのではないかと。

そんなふうに気を張っていたせいか、それとも単に慣れない靴《くつ》で歩きすぎたのか、少し疲れてしまった。ホテルの廊下にはすてきな椅子やソファが置いてある。その一つに座ってちょっとひと息ついていたら、次第に眠くなってきた。そろそろ夕食の時間なので、レストランに行かねばならないのに、ああ、温かいし、まぶたが重い……。

「お客さま」

声をかけられて、ハッと目を開ける。本当にウトウトしていたらしい。

顔を上げて周囲を見ても誰もいない。

「大丈夫ですか？　ご気分が悪いのではないですか？」

この声――聞き憶えがある。そして、背後から聞こえてくる。麻絵は、とっさに椅子の後ろの足あたりに視線を落とした。

バレーボール大のぬいぐるみの点目と目が合った。

「あっ！」

と声を上げて、「逃げてしまうかも！」と思ったが、ぬいぐるみに特にあわてた様子はない。

「大丈夫ですか？」

もう一度たずねてきた。落ち着いた声で。

見られてもいいの⁉ てっきりダメなのかと思ってた。あの時は、麻絵がまだ子供だったから見逃してもらったとばかり……。

見逃してってなんだ。そんな怖い存在だと思っていたのか。いや、でも見えそうで見えなかったし、やはりああいう姿だし……。ホテルに住んでいる妖精《ようせい》とか座敷童子《ざしきわらし》とか、その手のものなのかなって。

いずれにせよ、本当にいたんだ……。それともこれは、うたた寝《ね》中の夢……？

「だ……大丈夫です」

「顔色はよろしいようですね」

麻絵はカクカクとうなずく。

「お部屋までご案内しましょうか？」

「あ、あの、夕食を予約して――」

と言って、「しまった！」と思う。部屋まで来てもらえばよかったんだ！

「では、レストランフロアにご案内しますね。それともう少しここでお休みなさいますか？」

「あ、あの、ええと……」

話があるんです。訊きたいことがあるんです！

そう言ってしまえばいいのに、言葉は出てこない。なぜかショックを受けていたからだ。

このぬいぐるみは、あたしを憶えていない。

当たり前じゃないか。あの時から何年たってると思ってるの？　こっちの見た目は全然違うのに。ぬいぐるみは全然変わってなかったけど。

「ええと……」

あたしのこと憶えてますか？　ともたずねたかったが、「いいえ」と言われるのが怖かった。

「お客さま？」

廊下の向こうから、従業員が近寄ってきた。それに気を取られている間に、

「失礼いたします」

と声が聞こえ――振り向くとぬいぐるみはいなくなっていた。やっぱり、うたた寝の間に見た夢だったのだろうか……？

「どうかなさいましたか？」

「あ、い、いえ……なんでもないです」

麻絵はそそくさとその場を立ち去り、レストランへと急いだ。

これでいいんだ。これで、この旅の目的はほとんど果たしたと言える。

あの影――ぬいぐるみに会った。彼は麻絵のことを憶えていない。そして、ライティングデスクは別物だった。

それでいいはずだった。気がかりはもうないのに……なぜかとても悲しく思えてたまらなかった。

フレンチレストランでの食事は、とても豪華《ごうか》で、味も申し分なかった。久々というか、一人でこんなごちそう、食べたことがない。

しかし麻絵の気分は沈んでいた。何を食べても「おいしい」とはわかるのだが、楽しもうという気持ちが湧かない。

来なければよかったのかもしれない。小銭貯金は娘と旅行とか、それこそこういうすてきなレストランで二人で食事とか、そんなことに使えばよかった。ここに来ることは娘にも内緒にしている。どうして行くのか、理由を説明するのがめんどくさかったからだ。言わなくてよかった……。あとから訊かれたら悲しくなってしまう。

一人で食べているのも、なんとなく寂しい女だと周りが思っているのではないか、といらぬ心配をしてしまう。誰もあたしのことなんか見ていない。見ていないからこそ、本当は一人で優雅に、ゆっくりと食事を楽しみたかった。ワインを飲んでも、なんだか酸っぱく感じてしまうくらいだ。

ため息をつきながらの食事が終わった。自分のせいだけれど、もっと味わって食べたかった。それでも残さないようにがんばって食べた。すごく時間がかかってしまった……。

部屋の鍵を読み取ってもらい、レシートにサインをして立ち上がった。もう部屋に戻ろう。ラウンジで庭園のライトアップを見ながらお酒を飲もうとも考えていたが……ちょっとそんな気分じゃない。

受付カウンターの前を通ると、

「桐生さま」

と呼び止められた。もうレストランにもフロアにもあまり人はいない。

振り向くと、あのぬいぐるみが立っていた。

「先ほどは失礼いたしました」

どう反応したらいいかわからなかった。受付の人を見る。こちらを見守っている雰囲気ではあるけれど、ぬいぐるみの存在に気づいているのかいないのかわからない。

もしかして、あたしにしか見えてない？

——いや、そんなこと考えもしなかったな。妖精とか座敷童子とか、まあ「影」と呼んではいたけれど、現実のことだとはなぜか確信していた。

このホテルの存在と同じくらい、このぬいぐるみは麻絵の支えになっていたからだ。

「久保《くぼ》麻絵さま、ですね」

旧姓《きゅうせい》を言われて、ハッとなる。

「いつぞやもご挨拶ないままになっておりました。失礼いたしました」

憶えていたのか。

麻絵は肩を落とした。

「じゃあ、わかってるんですね」

ぬいぐるみは首を傾げた。

「あの……ライティングデスク……」

「ああー」

ぬいぐるみは笑い声を上げた。

「憶えてらっしゃるんですね？」

「……はい……」

ちらりと受付の方を見る。ちゃんとぬいぐるみを見ていた。

「桐生さま、お時間ありますか？」

「はい」

もうあとは部屋に帰って寝るだけだ。

「では、わたくしのオフィスでお話をしましょう」

ぬいぐるみと「オフィス」。

なんだかミスマッチな言葉だ。どういうことなんだろうか——という好奇心《こうきしん》だけでついてきた。

レストランフロアのエレベーターに乗り込むと、ぬいぐるみは不思議な場所（うんと低いところ）にある鍵穴に鍵を差し込む。するとボタンを押していないのに、エレベーターは下り始めた。

地下二階くらいの体感《たいかん》のところで停まり、ドアが開く。

「どうぞ」

麻絵は廊下に出た。上階とあまり変わらない雰囲気だが、やはり音楽が流れていない。

ここが昔迷い込んだホテルの地下……？

「こちらです」

呼びかけられて、あわてて向き直る。ぬいぐるみについて、廊下を進んだ。

後ろ姿をつい観察してしまう。結ばれているしっぽは記憶と一緒だ。足取りがあの時より速く感じるのは、子供の歩調《ほちょう》に合わせていないからだろうか。足音もないが、それは麻絵も同じだった。ここの絨毯もフカフカだから。デザインは上階と違ってシンプルなものだったが。

「この部屋です。お入りください」

ぬいぐるみに言われるまま、とある部屋に入った。小さな部屋だった。リーズナブルなビジネスホテルのシングルルームくらいだ。

無機質なオフィスデスクやキャビネットや本棚、シンプルな応接《おうせつ》セットなどが置かれているが、ベッドがないから広く感じる。

なんだか見憶えのある部屋だ、と考えていた麻絵はつい、

「校長先生の部屋みたい……」

と口に出してしまった。

「あ、それたまに言われます」

ぬいぐるみが楽しそうに言う。気にしているわけではないのね。

「お座りください。今お茶をおいれしますね」

窓際に電気ポットが置かれている。載せているのは、ライティングデスクだった。ふたが開いた状態だ。

「あっ……」

思わず声が出る。どうしよう。

ぬいぐるみは気づいていないようだった。いや、わざとそうしているのかもしれない。

ぬいぐるみは机の前の椅子にぴょんと飛び乗り、ポットのスイッチを入れた。お湯が沸《わ》く間にティーカップを二つ用意する。さっきレストランで出されたものと同じだ。

「紅茶はいかがですか？　夜ですのでカフェインレスのものにしましょうか？」

「普通の紅茶をお願いします」

さっきはコーヒーを飲んだので。

ぬいぐるみは引き出しの中から紅茶の缶を取り出した。沸いたお湯を少量カップに注《つ》いで捨ててから、トレイに載せる。

ポット、カップ、紅茶の缶などを並べたトレイを持って、なんとぬいぐるみは椅子から飛び降りる。なんてこと！

麻絵が立ち上がるより早く、ぬいぐるみは何事もなく床に軟着陸《なんちゃくりく》した。スタビライザーでも入ってるの⁉

「紅茶、うちのホテルブレンドなんですけど、よろしいですか？」

「もちろんです」

開けられた缶には、丸い形をしたティーバッグが入っていた。これ、ちょっとお高いやつ……。

ティーバッグをカップに入れ、お湯を注いで、

「本当はふたをした方がいいんですけど、このティーバッグは簡単ないれ方でおいしく召し上がっていただけますので」

と言った。まさかぬいぐるみに紅茶のいれ方のうんちくを語られるとは思わなかった。

「ミルクやお砂糖は？」

「そのままが好きです」

麻絵の言葉に、ぬいぐるみがにっこり笑った気がした。

紅茶が麻絵の目の前に置かれた。その香り高さに驚く。午後飲んだものよりもいい香りかもしれない。でも確か、あれもホテルブレンドだって書いてあったような……。

「どうぞ」

「いただきます」

熱い紅茶をひと口飲むと、緊張がほぐれるようだった。身体に香りが染《し》みていくようだった。

「おいしいです」

二人（？）はそのまま静かに紅茶を飲んだ。まるでずっと昔からそうしてきたかのよ

うに。

その沈黙《ちんもく》があまりにも心地よくて、麻絵は涙がこぼれてきた。

「すみません……」

バッグからハンカチを出して、涙を拭く。

「ごめんなさい……」

と言ってから、そうだ、ちゃんと謝《あやま》らなければ、と思う。

「ごめんなさい……あの、机……」

麻絵が指さす方向を見て、ぬいぐるみは言う。

「ああ、やはり気になさってたんですね」

「わかってましたか……?」

「はい。そのままにしてありますよ」

麻絵は立ち上がり、机のそばへ行く。屈《かが》んでよく見ると、裏側の背板《せいた》の下部に傷があった。

麻絵がシャーペンの先でひっかいてつけたものだった。一応、ぬいぐるみみたいなぶたの絵だ。今見ると、けっこう似ている。

ぬいぐるみに助けてもらった日の夜、よく眠れなかった麻絵は、ベッドを抜け出しカーテンの陰に隠れて外を見ていた。月の光が庭園を照《て》らしていた。灯りもいらないくらい明るい夜だった。

カーテンを身体に巻き、ライティングデスクにもたれかかって、麻絵はノートを広げた。当時、絵画教室に通っていて、絵を描くことが少し好きになっていたのだ。ノートにシャーペンでぬいぐるみを描いてみたが、どうもうまく描けない。

絵を習いたいと思ったのは、学校の授業で版画《はんが》をやってからだった。今考えると、絵よりも木を彫《ほ》ることの方が楽しかったんだろう。しかし、いつのまにか絵画教室に行かされて、でもそれなりに楽しくもあった。

麻絵は、昼間見たものが幻ではない、と思いたくて、机の裏にそれを彫ってしまったのかもしれない。稚拙《ちせつ》なそれでも、次の日そっとのぞくとちゃんと存在していて、それに麻絵は安心した。

家に帰ってから、あれはいけないことだったのではないか、とようやく考え始めた。父が、

「ホテルにあった椅子と同じものを買おうと思ったら、すごく高くて……海外のオークションでしか買えない」

そう言い出して気づいた。あの机は、そこらで買えるものではない、と。自分の机とは全然違うものなのだと。

親にも言えなかった。次にホテルに行ったら、あのぬいぐるみに謝ろうと思っていた。ぬいぐるみに会えなかったら、ホテルの誰か偉い人に――とぐるぐると考えていたけれど、以降環境が激変して、ホテルには行けないまま、年月がたってしまった。

最初の罪悪感は薄れていったけれども、忘れることはできなかった。そう思いながらも、じっくり考えたり、行動に移すこともできなかった。今までの麻絵の人生に、余裕《よゆう》がなかったからだ。

母の実家では以前よりのびのびと暮らせたが、なまじ成績がよかったので、いい学校へ行くよう母からいつも言われていた。裕福ではないとわかっていたから塾には行かずに勉強し、社会人になってからは大学の奨学金《しょうがくきん》をずっと返し続けていた。結婚したらしたで、夫と次第にうまくいかなくなり、最終的には夫の浮気が発覚し、すったもんだの末に離婚した。

娘が独立した今が、いろんな意味で一番余裕があるかもしれない。昔のように裕福にはもうなれないだろうが、変にその頃と今を比べてしまうような人間にならなかったことだけはよかった。堅実《けんじつ》に貯金していたから、このホテルに再び来ることができたんだし。

ただ、行くことができないから謝れなくても仕方がない、と思っていた気持ちが、ここへ来たことで「ちゃんと謝らなければ」という重圧《じゅうあつ》になった。弁償《べんしょう》しなくてはならないのか、と考えた時に、父の言ったことを思い出して震《ふる》えた。

このましらばっくれて帰ってもよかったのに、どうしてもぬいぐるみにもう一度会いたかった。会えなければ、あれはきっと幻だったと思えるだろう。机へのいたずらもなかったことになる。しかし、それは自分の支えだったものが消えてしまうのも同然で――。

麻絵は、怖かったのだ。このホテルに閉じ込められたままの子供時代の自分もなかったことになりそうで。

人生はつながっているはずで、記憶だってあるのに、いつまでも自分があの時の自分ではないような気がして……。

——そんなことまでちゃんと話せるわけもなく。

「家具を傷つけて申し訳ありませんでした」

と謝るしかなかった。

「いえいえ、お気になさらないでください」

そう言われても、麻絵の気は晴れない。

「貴重《きちょう》な家具だったんでしょう？」

アンティークものに違いない。

「いえ、これはそこまでではないです。古いものですけど、大量生産されたもので。でも、ホテルの雰囲気に合っているということで、オーナーが買い集めたんです。机ですからこんなふうに落書きがあったり、傷があるものも多かったんですけど、ちゃんとリペアすればきれいになりますよ」

「でも、これは……そのままですよね？」

直して部屋に戻すこともできたのに、どうして？

「大変かわいく描けていたので、この部屋で使わせていただいています」

かわいく、って自分で言ってる。それって自画自賛《じがじさん》？　いや、モデルの立場だから、違うか。

「その時はまだオフィスはなかったんですけど、無理言って保管しておいてもらったんです。この部屋に置けた時はうれしかったなあ」

なつかしそうにぬいぐるみは言う。

「この部屋——なんのオフィスなんですか？」

「相談室みたいなものですね。新人研修《けんしゅう》も担当しておりますので」

「ここにいつもはいるんですか？」

「いえ、わたくしはこのホテルのバトラーなんです」

「バトラー？」

「ホテルによって役割は違うでしょうけれど、うちの場合は何かトラブルがあった時、他のお客さまをわずらわせないよう速《すみ》やかに対応するため、いつもわたくしが控《ひか》えているのです」

頭の中に忍者《にんじゃ》みたいな格好で座っているぬいぐるみが現れた。

「まあ、実際はなんでも屋という感じなのですが。どちらかというと、トラブルの前段階のものを見つけ出して対処することが多いですね」

なるほど……。視点が違うのはよくわかる。人には見えないものも見えるのだろう。

「ここに帰ってきて、あの絵を見るとホッとします。いつかまた、これを描いた女の子と会えるといいな、と思っていたので、最初にお見かけした時はうれしかったですよ」

「どうしてこの絵をあたしが描いたってわかったんですか?」

「確か地下でお会いしてすぐだと思いますが、ラウンジでご家族さまとお茶を飲んだ時に、ナプキンにわたくしの絵をお描きになってましたよね?」

「あー……描いたかもしれないです」

当時はそうやって絵を描いてヒマつぶしもしていた。

「それを見つけたラウンジ担当の者が、わたくしに見せてくれたんですよ。『すごく上手に描けてる』って」

なんだか恥ずかしい……。

「そのあと、今度は掃除《そうじ》の係の者がこの机の裏の絵を見つけましてね。やっぱり『とても上手だ』って。このホテルにその当時からいる者は、みんな桐生さまのことを憶えていると思いますよ」

褒《ほ》められているようには聞こえない……。

「ホテルマンですので、お客さまのお顔を憶えるのは得意なんです」

「あたし、悪目立《わるめだ》ちしていた子供だったんですね……」

「悪目立ちではなかったですけど、いつも楽しそうにホテル内をお散歩されていました」

一人でいる方が、あの頃は楽しかったかもしれない。

「そんなに気にされていたのですか？」

麻絵はうなずく。

「やっと謝りに来れて……遅くなってごめんなさい」

「すぐにお声をかければよかったですね」

麻絵は首を振る。彼を探していた時間が、今となっては必要だった、と思える。自分は彼、そしてあの机ではなく、ここに置き去りになっていた子供時代の自分を探していたのだ。

あの頃に戻りたいと思っていたわけではないし、やり直しができると言われてもあのままで果たして幸せになれたかは疑問だ。もう少し時間がたっていたら、意地悪ないとこたちみたいな子供になってしまっていたかもしれない。

これまで余裕がなく、幸せかどうかわからない人生だったが、今は幸せだと思える。それで充分ではないか。

また絵を描いてみようかな。今日の思い出を絵にしてみようか。それとも、改めて版画をやってみようか——。

気恥ずかしくなって、麻絵はカップを取り、少し冷めてしまった紅茶を飲んだ。

「お茶、おいしいです……」

「ありがとうございます」

「こちらこそ……ありがとう……」

「お礼を言われるようなことは、していませんよ」

でもなんだか言いたい。

その時、突然思い当たった。

「そういえば……お名前聞いてなかったです」

「あっ！　そうでしたね。失礼いたしました、名乗りもせずにこんなにお話ししてしまって」

ぬいぐるみは、持っていたカップをカチャリとソーサーに置き、そして、

「わたくし、山崎《やまざき》ぶたぶたと申します」

と言った。

レモンパイの夏

電車に乗るのにも緊張する八月、丸井佳孝《まるいよしたか》は知らない街に来ていた。

そこは海の街だった。有名な海水浴場があり、夏はものすごくにぎわう。佳孝も小さい頃「行きたい」と親に言ったことがあったが、渋滞にひっかかって（両親が）挫折《ざせつ》したことがある。

駅に降り立つと、街も海もひっそりしていた。人通りも少なく、ジリジリとした太陽に照りつけられて鳴くセミの声しかしない。

海岸まで行ってみると、

新型コロナウイルス感染予防のため、本年の海開きは中止になりました

という立て札があちこちにあった。泳《およ》いでいるというか、遊んでいる人は少しいたが、海の家はない。ライフセーバーもいないから、何かあっても遊んでいる人の自己責任《じこせきにん》に

なるの？　そこら辺《へん》、高校生の佳孝にはよくわからない。

ここに来たら、海の家を探そうと思ってたのに……そもそも一つもないとは考えてもみなかった。

海で遊ぶとなれば熱い砂の上も歩く気になるものだが、そうでなければ何もない炎天《えんてん》下《か》の砂浜は、地獄の暑さだ。見ているだけでクラクラしてきそうだった。

佳孝が探そうとしているのは、海の家だけではない。というか、本当に探しているのはこっちの方だ。

同級生の友人・泉谷《いずみや》穣《じょう》が、春休みを機《き》に連絡が取れなくなった。年末くらいから学校を休みがちになり、こっちの連絡に応えなくなったのは進級してから。SNSもあまりやっておらず、連絡手段が限られていた。高校に入ってからの友人だが、周りの同級生に訊いてもわからない。転校したのか、と思って担任の先生に聞いても「よくわからない」と言われてしまい、驚いた。個人情報がどうこうで教えてくれないことならあるかもしれないが、「わからない」なんて普通言う？

彼が住んでいたマンションへ行っても誰かがいる気配はなく、チャイムを鳴らしても反応がない。近所の人に訊こうにも、「知りません」とドア越しに断《ことわ》られる。

すでにこのあたりで何をしたらいいのか、佳孝にはわからなくなった。警察に届けた方がいいのかどうかの判断もつかない。

親にそのことについて相談したい、と思ったが、なんと切り出したらいいのか迷っているうちにこんな時期になってしまった。

悩みすぎなんだろうか。先生にも「泉谷は元気にしているから、大人にまかせろ」と言われてしまったし……親にもそう言われたら、もう何もできないことが確定してしまう。

と言っても、結局何もしてないんだけど。穣がいなくなってもう半年近くたつのに、ほとんど手がかりがない。ミステリーだと探偵役の登場人物がいろんなところへ行ったり、話を聞いたりして、次々手がかりをつかんでいく。でも実際は何もできないし何も起こらない。今年は外出自体ができなかった。いや、三月頃まではまだできていたのだが、いつの間にか電車に乗るのもはばかられる状況になってしまった。

どちらにしても海の家はその時も、そして、夏の今もない。

結局、外に出られなくてできなかったことを、今やっているようなものだった。家にずっといる間は、世間も佳孝も停滞《ていたい》するしかなかったのだ。

ここに来たのにはちゃんと理由がある。昨年、二学期が始まって久々に会った時、穣はこんなことを言っていた。

「今年行った海の家がさあ、すごかったんだよ」

「え、すごいってどんなふうに？」

「いやもう……すごいとしか言えないっつーか……見ないとわからないというか」

穣はなんだかとても楽しそうだった。

「うまく説明できる自信ないから、来年一緒に行こうよ」

と言ってこの街の名前を出した。

「えー、すげー混むとこじゃん！　よく行ったなあ」

そんな有名なところで「すごい海の家」なんて、話題になってるんじゃないかと思ったが、そんなことはないらしい。

「海の家自体は普通なんだよ」

「そうなんだ」

「かき氷がすごくうまい。本格的なんだ。いろいろ食べたけど、特にレモンのやつ」

「ふーん」

佳孝はそんなにかき氷に関心がない。だって氷に甘い水かけただけじゃん。レモンのかき氷も好んで食べないなあ。あれって香りが違うだけで、シロップの味はみんな同じなんでしょ？

――けど、それは穣には言わなかった。

「あと焼きそばもうまい」

「海の家で食べる焼きそばってうまいよな」

味は普通なんだけど。

「来年、一緒に行こうな！　絶対だぞ！」

男二人で海水浴だなんて……女の子誘《さそ》おうよ、と言おうとして、佳孝はためらった。穣はそういうことにはこだわらない。行きたいところには行きたい人と行けばいい、と言う。おしゃれなカフェなんかでも一人で入れるし、

なんてからかわれれば、

「うわー、そんなこと言うなんて人生損《そん》してるわー」

と大声で言うような奴なのだ。

男二人の海水浴が、いかにもモテない者同士みたいに見えるのがいやだ、と思ってし

まう佳孝に、

「しょせん他人の考えは他人のものでしかないし、そいつらが俺たちにメシ食わしてくれるわけでもないだろ」

と言える男だった。

穣にそうやって指摘されるようになって、初めて自分がこだわっていることってなんなんだろう、と佳孝は考え始めた。とはいえ、まだ自分が何を考えているのかさえわからない段階だ。穣はそんな自分にさりげなく気づきを与えてくれる。

彼に会えなくなって、自分の知らない視点もなくなってしまった。世界が少し広がったように感じていたのに、また少し元に戻ってしまった。そして、別の意味でも狭くなった。

こんなに暑い夏の海岸なのに、人が泳げなくなってしまったみたいに。

もう帰ろうか、と思った。この街は、別に穣が暮らしていた街じゃない。彼だってここに遊びに来ただけのはずだ。ここをうろついたからって、彼に会えるとは限らない。

でも、もしかしたら会えるかもしれない。誰かが何か手がかりを持っているんだろうか。

探偵気分でうろつき始めた佳孝だが、あてがあるはずもない。暑いしほぼ誰もいないけど、もう少し砂浜を歩くくらいしてみよう、と考える。何しろ、「海の家」がキーワードだ。海の家、ないけど。

あったとしたら、どこら辺なんだろうか。

去年のこの浜を写した写真は、スマホで検索するとすぐに出てくる。穣は海の家の名前も言っていたはず。必死に思い出して、ようやく出てきたのは──「うみねこ」。

検索した写真には、ちゃんと「うみねこ」という看板を掲《かか》げた海の家が写っていた。

おお、なんかすげー。謎《なぞ》が一個解けた気分。

スマホを片手に砂浜を歩いて、海の家があったあたりを探し当てる。道路に立つ電《でん》柱《ちゅう》とか後ろに写り込んだ建物の形などを頼りにすれば簡単だった。

ここにこれだけ立派に見える家を建てるってすごいな。夏が終わったら、今みたいに何もない状態に戻すわけで……なんだか儚《はかな》い、と柄《がら》にもなく思う。

海の家があったあたりにさらに近寄ると、何やら小さなものが置いてある。ん？　置いてあるというより、立っている？

よく見ると、それはぬいぐるみだった。薄ピンク色のぶたのぬいぐるみ。バレーボールくらいの大きさで、右側の耳がそっくり返っている。後ろ姿なので、くるりと結ばれたしっぽもよく見える。

なんでこんなものがこんなところに——と思ってながめていると、ぬいぐるみは突然くるっとこっちを振り向いた。

「わっ！」

驚いて変な声が出た。と同時によろめいて、熱い砂の上に転げてしまう。

「あちっ、あちっ！」

スニーカー履《は》いてたから歩いても平気だったが、むき出しの足や腕に砂が当たるとほんとに熱い！　何これ、拷問《ごうもん》!?

「大丈夫!?」

ぬいぐるみが近寄ってきた。ひゃああ〜、自分の足で歩いてきた！　黒ビーズの点目がずんずん近づいてきた！

余計にあわてて、

「ぎゃああっ！」

大騒ぎをしてしまう。

「落ち着いて！」

とぬいぐるみに言われるが、そんな場合か！

「立って、立って！」

そう言われてやっと転げているから熱いんだと理解して、すくっと立ち上がる。熱い、暑い……でも、さっきよりはいい。

「大丈夫？」

ぬいぐるみの目と目の間に微妙《びみょう》なシワができている。そのせいで心配そうな顔に見える。実際に声も心配そうで——って、声、声っ！　なんでおじさんの声なの⁉　なんで突き出た鼻がもくもく動くと、そんな声がするの⁉

頭の中はパニックだが、暑さと熱さにあてられたのか、何も言えずにボーッと立っているだけだ。

「暑いし、うちの店に来る？　びっくりさせちゃったおわびに涼んでって」

店？

「こっちこっち」

ぬいぐるみは先に立って歩き出した。

どうしようか、と佳孝は悩む。ついていっていいの？　何かヤバいこと起こらない？　ヤバいことってなんだ、こんなぬいぐるみ相手に。

ところで、店ってなんの店？　ぬいぐるみの店？　おもちゃ屋さん？

トコトコ歩いていたぬいぐるみが振り返り、濃いピンク色の布を張った手（？）を動かした。すごいな。あれで「おいでおいで」とやっているとわかるなんて。

いいかげん頭がクラクラして、ほんと倒れそうなので、とりあえずついていった。もしヤバそうなら、ダッシュで逃げる。まだ朝の十時なんだよ。人通りはあまりないけど、大声を出したりすれば気づいてもらえるんじゃない？　みんな窓閉めてるだろうけど……。

だんだん不安になってきたが、いやいや、相手ぬいぐるみなのに――何をそんなに警《けい》戒《かい》してるんだ。

しばらくぬいぐるみについていくと、住宅街の小さなかわいい感じのカフェの前で足が止まった。

「どうぞー」

ドアを開けてぬいぐるみが言う。入って大丈夫なのか、と一瞬後退《あとじさ》りしたが、中から涼《すず》しい風が——抗《あらが》えない。フラフラと佳孝は入っていってしまう。

「いらっしゃいませー」

女の子の声がした。カウンターの中には自分と同世代くらいの女の子がいる。いかにもバイトの子だが……。

「ただいまー」

とぬいぐるみが彼女に向かって言う。

「お好きな席に座ってください。この子にお水出してあげてー」

ぬいぐるみは奥に入っていってしまう。

「そちらの席どうぞー」

女の子にすすめられるまま、奥のテーブル席へ座った。するとすぐに水の入ったコップを出してくれる。

「すみません……」

モゴモゴ言って、水を一気に飲み干《ほ》した。

うううまい！　染みる！

水を飲んで、自分がどれだけ喉《のど》が渇《かわ》いていたか初めて知った。ヤバかったかもしれない……。去年、同級生が熱中症《ねっちゅうしょう》で倒れた。一時間目に予定されていた体育の授業中ではなく、ちょっと早めに校庭へ出て待っている間に。その子は、朝からほとんど何も食べず、水分もあまり摂《と》っていなかったそうで、おそらく登校中から熱中症気味だったのではないか、と言われている。今日の自分の状況とよく似ている。しかもマスクもしてたし。

怖いな……。声かけてもらえてよかったのかもしれない。ぬいぐるみだけど。

テーブルにはいつの間にか水のピッチャーが置いてあったので、遠慮《えんりょ》なくおかわりする。

店にお客さんが入ってきた。おじさんのあとすぐ、お姉さんっぽい女性が。おじさんはカウンター、お姉さんは窓際のテーブルに座る。

「Aセット、オムレツね。アイスコーヒーとミニカラメルつけて」

「はい」

女の子はおじさんの注文を聞いてから、お姉さんのテーブルへも行く。

「ミックスサンドに、ホットの紅茶とミニのブルーベリーつけてください」

「わかりました」

お腹が減ってきた。でもなんだかまだボーッとしている。もう少し休んだら……注文するから……。それにしても「ミニ」って何……？

「はーい、オムレッツセットです」

奥から出てきたぬいぐるみは、なんと料理の皿を持っていた。両手で支えるようにして。それでもかなり無理のある重量だと思うのだが。

「お、ありがとう」

おじさんが受け取ってあげてる。そうだよな。カウンターに載せるなんてできないだろう。

「今日のオムレッツはミートオムレッツです」

「うわー、ミートオムレッツってなんかなつかしい！　昔おふくろがよく作ってくれたよ」

「僕も久しぶりに作ったんですよ」

チラリとテーブル上のメニューを見る余裕も出てきた。モーニング——朝十時～一時まで。ランチ——十一時～四時まで。

モーニングのAセットというのは、お好みの玉子料理とトースト、サラダ、スープと飲み物。ミックスサンドは単品《たんぴん》なんだ。

じゃあ他のは⁉ と本格的にメニューを見始める。モーニングBセットはお好みの玉子料理とおにぎり⁉ え、玉子料理って他に何があるんだろう……。

「ミックスサンドと紅茶です」

またまたぬいぐるみが運んできたが、今度は紅茶のポットまで！ えっ、そんな両手で……どうやって持ってるの⁉ しかも、そのまま、お姉さんの席の隣に飛び乗る！ 紅茶、こぼれる！ ……と思ったが、ポットだから大丈夫——ってそういう問題じゃない！

ぬいぐるみは皿をお姉さんの前に置くと、素早く奥へ戻っていった。彼女はさっそくサンドイッチにかぶりつく。よく平然としてられるな……見てるこっちがひやひやする。

でもサンドイッチ、すごくうまそう……。っていうか、トーストも気になるんだけど、それだけで足りるかな……。もうちょっと食べたい。喫茶店のモーニングって食べたことないが、高校生の自分からしたら二回分は食べないと朝食にもならない気がして。

ちょっとメニュー読み込もう。もっとボリュームあるやつないのかな。ランチまでまだ時間あるし。

ミックスサンドって具《ぐ》はなんだろう、と思ったら、ハム野菜サンドとオムレツサンドとフルーツサンド⁉　何これ、完璧《かんぺき》なミックスサンドじゃん！　一皿でデザートまでカバー。

「おまたせしましたー」

ぬいぐるみがまた何か持って奥から出てきた。それを見て、

「えっ」

と小さく叫んでしまう。醬油《しょうゆ》かけた山盛りの大根《だいこん》おろしに見えるんだけど⁉

モーニングを食べていたおじさんがそれを受け取る。まさかほんとに大根おろし？

そのまま食べるの？

おじさんはスプーンでザクザク大根おろしみたいなのを掘《ほ》って、パクッと口に入れた。

「あっ！」

突然おじさんがびっくりした声を出した。

「しいたけが入ってる！」

えええええー！

「違いますよー」

ぬいぐるみが半笑いの声で訂正《ていせい》する。

「あ、違う。コーヒーゼリーだ」

「ちょっと入れてみました」

「うん、うまいね。でも見た目はほんとにしいたけみたいだ」

そう言って、ぬいぐるみとおじさんが笑う。

あれ……かき氷だ。醤油じゃないんだろうけど……何がかかっているんだろうか。

その時、穣の声が頭に響いた。

「かき氷がすごくうまい。本格的なんだ」

あのかき氷が本格的かどうかはわからないけど、普通と違うことくらいは佳孝にもわかる。おじさんがとてもおいしそうに食べているのも。

え、でもここは普通のカフェじゃないか。

佳孝は壁を見回した。おすすめメニューに焼きそばがある。海の家は、焼きそばもうまいって言ってたな……。

レジカウンターの下に張り紙があった。お弁当のメニューだ。一番上に「うみねこ弁当」と書かれている。

うみねこ……ここは、うみねこって名前のカフェなの？　海の家と同じ名前の？

壁にカモメみたいな鳥が描かれていた。あのぬいぐるみみたいな点目だった。

お姉さんは紫《むらさき》色のシロップのかき氷を食べている。

あれが、ミニのブルーベリー……。黒い豆みたいなのが載ってるし、やっぱりうまそうだ。

気づけば、ピッチャーの水は半分以上減っていた。落ち着かない気分だったが、身体の調子は復活した。そろそろ何か頼まなければ。ぬいぐるみに話を訊くためにも。

「あの、すみません」

カウンター内にいるのに、ちゃんと顔が見えるぬいぐるみに声をかけた。台の上に乗っているのかな。

「はい、ちょっとお待ちください」

ぬいぐるみは飛び降りたとしか思えない動きで下に姿を消し、奥からまた出てきた。

「気分はどう？」

「もう大丈夫です。ありがとうございます」

「そりゃよかった。熱中症は怖いからねえ」

なんだか知識豊富《ほうふ》だ。ぬいぐるみも熱中症になるんだろうか。ふとんとか熱くするとダニが死ぬって母は言うけど。

「あのー……注文いいですか」

「はい、どうぞ」

「なんかメニューいっぱいあって……どれ注文したらいいのかわかんないんですけど」

よく見ると単品もたくさんある。どれがお得なのかがさっぱりわからないのだ。そんなにお金持っていないからなあ。

「ああ、わかりにくくてごめんね。モーニングのメニューだけがちょっと特別で、あとは単品と飲み物などのセットがあるだけです。セットの一覧《いちらん》はこっちね」

セットメニューが立て掛けてある。飲み物つきでいくらとか、飲み物とサラダとか、デザートのセット——あっ、ここにミニかき氷のセットが！

「ランチは単品の値段でサラダつきです。かき氷のトッピングはかき氷じゃなくても注文できるよ」

「え……どういうことですか？」

「たとえば、あずきをアイスクリームにかけたり、トーストにつけて食べたり。フルーツのソースを紅茶に入れたり」

ええ……なんか自分には高度《こうど》すぎて、組み合わせの想像がつかない。

「……焼きそばください」

「生玉子サービスですけど、つけますか？」

焼きそばに生玉子って食べたことないけど、おいしそう。

「つけてください。ええとあと……ミニかき氷のセットで」

ミニじゃなくてもいいんだけど、さっきの大きさでミニなら充分だな、と思って。

「かき氷のメニューはそこに書いてあります」

壁のポスターには、たくさんのかき氷のメニューが書かれてあった。いちご、桃、ブルーベリー、梅《うめ》、カラメル、宇治金時《うじきんとき》――他にもいっぱい。そして今日のスペシャルはレモンパイ。

穣は何のかき氷を食べたって言ったっけ――そうだ、レモンって言ってた。でもこれは「レモンパイ」。かき氷とは思えないネーミングだ。普通のとどう違うんだろうか。

「レモンパイってケーキですか？」

「いえ、レモンカードに生クリームがかかってます」

レモンカードって何……？　その疑問が顔に出たのか、

「シロップじゃなくて、特製《とくせい》レモンクリームって感じかな。酸っぱいですよ」

と説明してくれる。これが穣が言ってたレモンのかき氷と同じかはわからないけど、

「じゃあ、それで……」

「はい、お待ちください」

ぬいぐるみの後ろ姿を見ながら、今訊くべきか、とも思ったが、まだお客さんがいるし、とにかく——なるべく早く食べよう。ランチで混む時間になる前に。

ジャッジャッと小気味いい音が聞こえてきて、いい匂いもしてくる。女の子はカウンターにいたり、皿を下げたり洗ったりしているので、あの音をさせているのはぬいぐるみであろうと思われる。え、信じられないんだけど……どうやって作ってんの？

そんなことを考えているうちに、ぬいぐるみが奥から焼きそばを持って出てきた。早い！

どうやって持っているのか……近くで見ても手に皿が吸いついているとしか見えないのだが、結局何もわからないまま、

「はい、焼きそばです」

と目の前に置かれた。

見た目はごくごく普通の、ほんとに海の家でよく食べるような焼きそばだった。野菜はキャベツとにんじん、もやし。豚肉がほどよく散っている。青のりや紅生姜《べにしょうが》はなし。ソースの香ばしい香りが食欲をそそる。

熱いうちにさっそく頰張《ほおば》る。シャキシャキとした野菜と少し硬《かた》めの麺の歯ごたえにちょっと驚く。いや、これ硬いっていうより、麺を焼いてるんだ。カリカリなところとモチモチなところがある。玉子の白身がちょっと固まるくらい熱い。ソースはけっこうスパイシー。黄身とからめると甘くなる。

うう、うまい！　三口くらいで食べられそう！

まあ、さすがにそれは無理だったが、ボリュームもあるのに、秒《びょう》で完食と言ってもいいくらいの速さだった。

「レモンパイのミニですー」

食べ終わったと同時に、ぬいぐるみがかき氷を持ってくる。タイミングバッチリだ。

黄色いクリームの上に生クリームがたっぷり載っている。やっぱりこれでミニとは

——普通サイズってどれくらいなんだろう。

レモンのいい香りがした。よくあるレモンシロップのとは違う。レモンカードって名前にも説明にもピンとこなかったけど、きっと生のレモン使ってるんだろうな。

二種類のクリームと氷をたっぷりスプーンに載せて食べる。

「おお……」

酸っぱい。でも甘い。そして氷がふわふわだ。全部一瞬で溶《と》ける。でもキーンってしない。

味は本当にレモンだった。生クリームの甘さは酸っぱさの引き立て役で、さらにさわやかになる。

これもあっというまになくなってしまう。だってバクバク食べても頭痛くならないから。やっぱり普通サイズにすればよかったと思うくらい、おいしかった。

よし、食べた。お腹もいっぱいになった。佳孝ががっついている間に、おじさんとお姉さんは帰った。

「あの……」

佳孝が声をかけると、ぬいぐるみがやってくる。

「はい。かき氷いかがでしたか？」

先に訊かれてしまった。

「すごくおいしかったです。甘酸っぱくて」

「ありがとう。冬になったらメレンゲで覆《おお》ってバーナーで炙《あぶ》って、『レモンメレンゲパイ』ってあったかいかき氷にする予定だから、またぜひどうぞ」

なんかとんでもないこと言われた。「あったかいかき氷」ってどういうこと⁉

それについて訊きたい、と思ってしまったが、違う！

「あのっ、ちょっと訊きたいことがあるんですけどっ」

勇《いさ》んで佳孝は言う。

「なんでしょう？」

「ええと……」

いざ言おうとすると迷う。何から話したらいい？　海の家のこと？　それとも穣のこと？

「あの……友だちを探してるんですけど」

やっぱり穣のことから説明しないと。手がかりはここしかないんだから。

「友だち？　あなたのですか？」

「そうです」

友だちなのかな。友だちだったら連絡くらいくれて当然なのでは……けど、できない状況なのかも――と何気なく思って、佳孝はショックを受ける。できない状況って何？　先生や他の友だちの雰囲気から、そんなに深刻に取っていなかった。それに突然気づいたのだ。

え、どうして今まで、もっと真剣に探さなかったの？

いや、探せなかったんだけど……でもそれも言い訳？

「どうしたの？　気分悪い？　顔が青いよ」

顔が青いなんて生まれて初めて言われた。

「いえ、あの……海の家うみねこって知ってますか？」

「知ってますよ。去年うちで出してた海の家だから」

やっぱり……。

「友だちが、『来年うみねこって海の家に行こう』って誘ってくれてたんだけど、春くらいから連絡が取れなくなっちゃって……」

「それは……心配だね」

そんなふうに言われると、すごく不安になる。今まで考えないようにしてたんだろうか。考え始めると、いやなことばかりを想像してしまうとわかっていたから。

「それで、一人で来てみたら、海の家がなくて……」

「そうだね、今年は残念ながら……」

ぬいぐるみはため息をついたように見えた。

「本当だったら、今年も海の家やってたんですか？」

「いや、元々去年だけだったの。その秋からこのカフェを始めてね。でも、同じ場所でやるはずだった海の家にはかき氷のメニューを提供《ていきょう》する予定だったから、準備してたんだけど、無理になっちゃってねえ」

「それでさっきあそこにいたんですか？」

「うーん、そうだね。開店前によく見に行ってるね。なんだか切《せつ》なくて。夏にこんなに人がいない海なんて、初めてだから」

わかるような気がする。去年とは全然違う夏に佳孝も戸惑っていた。出歩いてもいいってことだけど、思いっきり遊びに行く気にはならない。暑さはいつもの夏と同じだし、別に佳孝の生活自体、そんなに変わっていない。親が家で仕事をするようになっただけだ。受験《じゅけん》は来年だし。来年だからってのんびりもできないけど、それは今日は置いといて。


「お友だちはなんて名前だったの？」

「泉谷穣っていいます」

「泉谷さん、泉谷……知らないなあ」

がっかりしてしまう。知り合いかも、と一瞬思ったけれど、違った。

「俺と同い年で、小柄で——」

と穣の特徴を言ってみて、何枚か写真も見せたが、ぬいぐるみは首を傾げるばかりだ。

「この街に住んでたの？　その友だちは」

「ううん、俺と同じ市です」

隣の市だ。

「じゃあ、海水浴で来たのかな？」

「そう……だと思います……けど、あまり日焼けしてなかったような……」

部活《ぶかつ》焼けはしていた。体操服のあとが腕についていたのだ。

「まあ、一回来ただけなら、そんなには焼けないかもしれないよね」

「あっ、でも、かき氷はいろいろ食べたって言ってました」

いくらなんでも一日でいろいろは食べられないような気がする。

「焼きそばも食べたって」

「そうなんだ。じゃあ何回か来ていたのかもしれないね。でも実は、近所の人は海の家というより、お食事処《どころ》として利用してくれたりしたんだよね。それでなんとかこんな状況でも常連さんが来てくれたり、お弁当買ってくれたりしてやってけてるんだけど」

母が言ってたなあ、食べ物屋さんは大変だって……。

「レモンのかき氷が好きだったそうです」

「レモンってこのレモンパイのこと？」

「いや、わかんないです。けど本格的だって言ってました」

生レモンを使っている感じは、すごく本格的だった。

「でもこのレモンパイって、去年一日しか出してないんだよ」

「えっ、どうしてですか？」

「レモンカードってクリームはね、実は卵黄を使ってるの」

らんおう……ああ、玉子の黄身か。頭で変換《へんかん》できなかった。えっ、この黄色って黄身の色？

「試しに作ってみたんだけど、暑いところで継続《けいぞく》して出すのはさすがにためらわれて、一日でやめちゃったんだよね。こういうカフェでなら涼しいからいいんだけど」

「じゃあ、穣はその日にここに来たってことですか？」

「そうかもしれないけど……僕はずっと厨房《ちゆうぼう》にいたから、誰が食べたかまでは憶えてなくて」

あの海水浴場の混みようからすると、仕方がないのだろうか。

「多少は見えるけど、何しろ忙しかったから。そうだ、扶美乃《ふみの》ちゃん、憶えてる？」

カウンターの中にいる女の子に声をかける。

「高校生くらいの男の子が一人でかき氷食べてたかってことですよね？」

「そういうこと？」

ぬいぐるみが佳孝の方を向いて、そうたずねた。

「そうですね。多分」

ツレでもいたのだろうか。そこまでわからない。はっ、もしかして彼女連れ？

女の子はしばらく考えて、こう言った。

「店内では憶えてないです。いたら目立ったかもしれないけど、何しろ忙しかったから。持ち帰りまではわからないけど」

「あ、そうか。持ち帰りっていうか、浜で食べたりもするから」

ぬいぐるみは鼻をぷにぷに押しながらそんなことを言う。

「あー……つまり穣が買ったわけじゃないってこともありえるわけですか？」

「そうだね」

ぬいぐるみは、当時海の家で働いていたもう一人の女性にも連絡を取ってくれたが、彼女にも憶えがないということだった。レモンパイを出した日は特に忙しい時期だったから、三人でいっぱいいっぱいだったらしい。

「ごめんね……」

ぬいぐるみと女の子から謝られたが、佳孝はすっかり意気消沈《いきしょうちん》してしまった。穣が言っていた海の家は、多分このカフェがやってたところで間違いはない。でも、誰も穣を憶えてないなんて。

なんでこの街に来てたんだろう。隣の市なのに。泳いだりもせず、海の家でごはんを食べてただけ？　夏休みの間も全然会えなかったから、何かあったのかな。

「ありがとうございます……」

佳孝はそう言うしかなく、うなだれた。なんだか重苦しい雰囲気に包まれてしまう。

二人には悪いけど、やっぱりお客さんがいない時でよかったな、と思う。

「帰ります……」

もうここには手がかりはなさそう。

「警察には言ったの？」

女の子がおそるおそるというふうに言った。佳孝は首を振る。

「穣のお父さんもお母さんもどこにいるかわかんなくて……」

ただの友だちの届けでも、真剣に取り合ってくれるのかな。明日行ってみようか。

「何かわかったら、連絡しますよ」

ぬいぐるみが言う。

「ありがとうございます」

そう言いながら、期待はしていなかった。だって、ぬいぐるみなんだもん。あの点目、どこ見てるのかわからない。

佳孝だって、いろんなことを見たって、すべて憶えていられない。ぬいぐるみだって、きっとそうだ。

でもそれって……穣のこともいつか忘れてしまうってことなんだろうか。

その夜。

家に帰ってから、佳孝はずっとベッドに寝っ転がってウトウトしたり、スマホを見たりしていた。

何もする気にならない。人探しは簡単ではなかった。やっぱり親に相談すべきか。でもそれは明日……大人には明日話そう。

何度目かのうたた寝をしている時、スマホの通知《つうち》が鳴った。

ハッと起き上がり、画面を見ると、「山崎ぶたぶた」とある。ぶたぶた——今日連絡先を交換したあのぬいぐるみの店主。

このアカウント、心当たりはない？

そんなメッセージのあとにリンクが貼ってある。何これ、こわっ。絶対踏《ふ》んじゃいけないリンクだろ⁉

と恐れおののいていたら、ぶたぶたから電話がかかってきた。

「ごめんね、丸井くん。今電話いいかな？」

「は、はい、平気です」

何時かと思ったらまだ夜の九時だった。腹《はら》が全然空いてなかった。

「変なメッセージ送ってごめんね。説明は電話の方が早いかなと思って」

「はい」

「あれから気になって、いろいろ自分なりに調べてみたの。といってもどこかに行ったり、人に訊いたりしたわけじゃないんだけど」

期待していなかったから、そんなふうに気にかけてくれるなんて驚いてしまう。

「実は今日、丸井くんから穣くんの写真を見せてもらった時、なんとなく見憶えがある気がしたんだよね」

「えっ⁉　やっぱり穣のこと知ってたんですか⁉」

「いや、顔は知らないの。でもなんか憶えがあると思って、去年のこと思い出してたら

——そうか、レモンパイだって」

……何を言っているのかわからない。

「さっき送ったのはね、うちのレモンパイの写真を上げてくれてるインスタグラムのアカウントなんだ」

「そうなんですか」

電話している間は画面を見られないけど。

「去年ね、やっぱり気になるからエゴサーチをしてたんだよね」

エゴサーチ。ぬいぐるみに似合わない言葉第一位と言ってもいい。しかもあんなにかわいいぬいぐるみが「エゴサーチ」と口にするなんて。

「そんなことしなさそうに見えます」

なので、思わず言ってしまった。

「するよー。やっぱり新作《しんさく》だから気になるし。毎日しますよ」

毎日なんだ……。

「一日だけだったけど、レモンパイはおかげさまでたくさん写真を載せてくれててね、とてもうれしかった。その中から、これじゃないかっていうのを見つけたから、送ってみたよ」

「これって、穣のアカウントってことですか？　穣はSNS全然やってなくて」

画像系は特に。メッセージアプリだけだ。

「いや、違うと思うよ。女の人みたいだしね」

やはり彼女……？

「穣は一人で来てたわけじゃなかったってことですか？」

「多分、そうだろうね」

「なのにどうしてこのアカウントだって思ったんですか？」

「穣くんの腕とTシャツが見切れてたような気がしたから」

「えっ？」

「とにかくちょっと見てみて。何かわかったらあとでメッセでもください」

「は、はい……」

電話が切れた。

メッセージをもう一度見直す。こわごわリンクを押すと、インスタグラムのアプリが立ち上がった。昔登録《とうろく》したけど、全然使ってないやつだ。

確かにアカウント名は女性っぽかった。写真は基本ごはんか風景。でも、去年の暮れくらいから更新《こうしん》が止まっている。

夏だ、夏の写真——佳孝は、ぶたぶたに教えてもらったレモンパイを出した日付のあたりを見てみる。

海の写真が多くなってきた。他にそういう写真はなく、去年だけみたい——あ、あった、レモンパイの写真。その日付の周辺には、焼きそばや他のかき氷の写真もあった。

レモンパイの写真を拡大してよく見る。

「あ……」

かき氷の後ろに、向かい側に座っている人の腕と服の一部が写っていた。これ……え、マジで穣じゃない⁉　日焼けの仕方と、あとこれと同じTシャツ、着てるの見たことある！

この女性、いったい誰？　さかのぼって見てみる。この人の自撮《じど》りとかがあれば——と思って探すと、

『職場で誕生会をしてもらいました』

というコメントとともに、ちょっとボケた写真が載っていた。ケーキを前に、うれし

そうな笑顔。この顔、見たことある。誰だっけ……。

「あ、そうか！」

彼女じゃなかった。この女性は、穣のお母さんだ！　アカウント名も下の名前をもじったもの。よく穣がふざけて呼び捨てしてたから、憶えてる。

え、すごい。よく思い出したな。ぬいぐるみの記憶力、あなどれない。

このアカウントはほぼ穣のお母さんのものだろう。これで穣にも連絡が取れるかもしれない！　佳孝は、目の前がぱあっと明るくなった気がした。

と言っても、そこからまた迷ってしまったのだが。インスタのダイレクトメッセージを送る勇気が出ず、更新が止まっていることで結局読まれないのではないかとくよくよし、届いても相互フォローじゃないから気づいてもらえないかも——とさんざ悩みに悩んで、真夜中、ようやく佳孝はメッセージを送った。


こんにちは。穣くんの友だちの丸井です。穣くんは元気ですか？

この文章にするまでも迷いに迷った。

「穣はどこにいるんですか？」

そう訊きたいけれど我慢した。だって……怖い。

返事しやすいように、自分が利用しているSNSのアカウントも書いておいたが、なりすましとか疑われて返事来ないかも、とまた思い悩む。

佳孝はその夜、ほとんど眠れなかった。いやな夢を一瞬見た気がする。穣は出てこなかった。出てこなくてよかった、と思う自分も怖かった。

返事が来たのは、三日後だった。

家の電話に、穣のお母さんから連絡があったのだ。

「お返事遅れてごめんなさい。穣は元気ですよ」

びっくりした。家の電話番号は、昔穣に教えた記憶があったが、全然使ってなかったから。

「心配かけてごめんね」

そう言ったお母さんのあとに、穣の声が聞こえてきた。

「おー、久しぶり」

全然久しぶりじゃないみたいに、そう言った。

そのあとは、ネットのテレビ電話で話した。なぜなら、穣とお母さんは、今アメリカにいるからだ。佳孝は、彼のお母さんが実はアジア系アメリカ人だというのを初めて知った。

「去年くらいから、親父《おやじ》の暴力《ぼうりよく》がひどくなってきて」

穣は並んだお母さんをチラチラ見ながら、そう言った。

「それでも俺には怒鳴《どな》るくらいで、何もしなかったんだけど」

「待って。じゃあ、お母さんは？」

穣は何も言えなくなってうつむいた。

お母さんは、八月に隣の市の病院に行っていたのだそうだ。近所の病院に行っていることがお父さんにバレるとまた暴力を振るわれるから。

穣はその時、ついていってあげていたらしい。

「俺がついてても、なんにもならないんだけどさ」

病院の帰りに海の家うみねこを見つけ、かき氷などを食べるのが楽しみだったという。

お母さんは、穣の学校のために我慢をしていたらしいが、三月に入ったあたりで、お父さんが穣のスマホを壊してしまった。読もうとしていた新聞の上に、たまたま置いてあった、というだけの理由で。

その時、このままでは穣に肉体的暴力が向かうのも時間の問題だ、と気づいたお母さんは、急いで彼をつれてアメリカの実家へ身を寄せた。新学期までに帰ってくるつもりで。

そしたら、新型コロナウイルスのせいで、日本に帰れなくなってしまったのだ。

それだけでなく、お母さんは実家に帰ったとたんに寝込んでしまい、それを気に病《や》んだ穣も何もする気が起こらず、いつのまにか時間がたってしまったと言う。

「スマホがなくなって誰からも連絡ないしできないのは当たり前なんだけど、もう日本にいる友だちとは会えない気がしてた」

これからどうするかも決められず、学校にもちゃんと相談できず、すべて先延ばしにしていたのだそうだ。

「まさか探してくれる人がいるなんて思わなかった。ありがとう」

穣はボソボソとそう言った。

「元気ならいいんだよ」

佳孝もそれくらいしか言えなかった。少しのきっかけで人の行方《ゆくえ》がわからなくなる、というのがショックだった。

今年の夏に行動を起こさなかったら、穣とは本当に二度と会えなかったかもしれない。夏が来るたびにそれを思い出していただろうか。それとも、忘れてしまっていただろうか。穣はどうだったんだろう。

その答えはもう、わからないけれども。

後日、佳孝は再びうみねこを訪れた。

メッセージでお礼は言ったが、やはり直接会ってお礼を言うべきだと思って。

実は穣のお母さんのアカウントを教えてもらった夜、佳孝はぶたぶたに相談の電話をかけていた。

「じゃあ、僕から連絡してあげようか」

そう言ってくれたことで、かえって決心がついた。このアカウントが穣のお母さんのであれば、連絡がつくか、ほったらかしでまったく反応がないかの二択しかない。子供である自分も穣たち親子にとっては関係ない人間かもしれないが、それを言うならぶたぶたはもっと関係ないのだ。せっかくここまで調べてもらったのに、これ以上迷惑をかけることはできない。

それで自分からメッセージを出すことができた。

改めてうみねこに行ってみると、外にはちゃんと看板が出ていた。中の壁にも描いてあった点目の鳥がいた。カモメかと思ったら、「うみねこ」って鳥がいるんだね。

「ありがとうございました」

改めてお礼を言って、カラメルというかき氷の普通サイズを食べる。黒糖《こくとう》のカラメルソースがかかっていて、中にはほろ苦いコーヒーゼリーが——ほんとに見た目が、よく味の染みたしいたけみたいだった。めっちゃうまい。普通サイズでもすぐ食べ終わってしまう。外はまだ暑いし、最高だった。

「どうやって見つけたんですか、このアカウントを」

「いや、タグ検索から見ていっただけだよ」

「……それってけっこう大変ですよね？」

一つ一つコツコツ見ていったってことでしょ？

「いや、去年一日だけのことだし、大した量じゃなかったよ。タグつけてなかったら見つからなかったかもだけどね。本文の検索ができないから」

「そうなんですか！」

知らなかった……。

「お母さんが『レモンパイ』と『かき氷』両方のタグつけててくれてよかったよ。『レモンパイ』だけだと膨大にあるからね」

去年、うみねこを見つけてうれしかった、とテレビ電話で穣のお母さんは言っていた。おいしいものを食べて、毎日乗り切っていた、と。お父さんはあのアカウントを知らなかったそうだ。楽しい、美しい、おいしいと思ったことを記録して、密《ひそ》かに見返して、その時の思い出を噛《か》みしめていたという。

「あと、ぬいぐるみの店主のしっぽがかわいかったなって」

あの写真は、よく見るとぶたぶたの後ろ姿が見切れているのだ。本人が気づいていたのかどうかはわからないけど。

「とにかく見つかってよかった。日本に帰ってこれるようになったら、うちの店にも来てくださいって言っておいて」

「はい、ありがとうございます」

二人ともまだまだ問題はあるみたいだけど、冬にあっかたいレモンメレンゲパイのかき氷を食べるためにも、「絶対に帰る!」って言ってた。

その日が待ち遠しいと思う佳孝だった。

ぬいぐるみのお医者さん

電話連絡をもらってすぐ、秋月利信《あきづきとしのぶ》は車に乗り込んだ。

義父《ぎふ》――妻の父に預《あず》けていたはずの五歳の息子・孝太郎《こうたろう》が近所の病院に一人でいるという。

どうしてそんな――と思いながら病院へ急いだ。受付の人にたずねると、

「あ、あそこに山崎先生と一緒にいますよ」

そう言われた方を見ると、ロビーのソファにぬいぐるみと一緒に座っていた。いつも持っているのは猫のぬいぐるみなのだが、それではなくて、ぶたのぬいぐるみと。

「孝太郎！」

「あっ、お父さん！」

孝太郎はソファから飛び降り、こちらに駆け寄ってくる。

「どうした、なんで一人でここにいるの？」

座り込んでそうたずねると、

「孝太郎くんのお父さんですか？」

中年男性らしいいい声が割って入る。誰だろう、と顔を上げて見回すが、周囲に男性の姿はない。

「連絡先もちゃんと言えて、とてもご機嫌《きげん》で待ってましたよ」

え、これは誰が誰に言ってるセリフ？

「ぶたぶた先生のところにはニャーはいないんだって……」

孝太郎がしょんぼりした声で言う。「ニャー」というのは、息子の黒猫のぬいぐるみの名前だ。

「え、ぶたぶた先生って……？」

と言った利信の目の前に、ずいっとぶたのぬいぐるみの鼻が突き出した。

「どうも。山崎ぶたぶたと申します。一応医者をやっております」

突き出た鼻がもくもくと動いて、そんなことを言う。どう見てもしゃべっているとしか思えない。くたびれたピンク色のぬいぐるみなのに。大きさはバレーボールくらいで、ニャーの方がしっぽの分だけ大きいように思える。黒ビーズの点目で、大きな耳の右側はそっくり返っている。

どういうこと……？　疲れて幻覚《げんかく》でも見ているのかな……？　確かにさっき受付の人が「山崎先生」と言っていたが。

「孝太郎くんは、おじいさんから『ニャーは入院した』と聞いたようでして。それでわたしがいるこの病院を訪ねたということらしいですよ」

非常に簡潔《かんけつ》に説明されたが、やっぱり何を言っているのかわからない……っていうか、あっ！

「孝太郎、じいじはどこなの？」

「じいじはおうち」

「一人で来たの？」

「じいじ、なんか電話してるから……」

答えになっていないが、まだ五歳では仕方がない。

「すみません、ちょっと電話していいですか？」

「ここなら大丈夫ですよ」

それでも病院の中では気が引ける。手早くすませなければ。急いで利信は義父に電話をした。

「あっ、利信くん⁉　すまん、孝太郎がちょっと目を離《はな》したすきに――」

「孝太郎なら、今ここにいますよ」

「えっ、一人で家に帰ったのか⁉」

妻の実家から利信の家まで歩いて十分ほどだ。この病院は実家から歩いて五分ほどで、家とは反対方向。五歳の足だともうちょっとかかるだろうか。

「違いますよ」

今いる病院の名を告げると、義父は絶句《ぜっく》する。

「なんでそんなとこに……」

「話はあとで聞きます。とりあえず、今日は家に連れて帰りますね」

うちに帰って落ち着いたら、また連絡をしなくては。

電話を切って、孝太郎に、

「帰るよ」

と言うと、

「えぇー」

露骨《ろこつ》に不満そうな顔をする。

「もうちょっとぶたぶた先生と話したいのに」

そう言われてちょっと考えてしまう。この際、自分がどう思うかは別として、こんなまるで生きているぬいぐるみみたいなものがいたら（信じられないけど）、子供としてはうれしくてたまらないだろう。もっと話していたいという気持ちもわかる。けれど、もしこのぬいぐるみが本当に医師だとしたら（もっとありえないけど）、こんなふうに引き止めるのは迷惑ではないか。

いやいや……その理屈は確かにそうなんだけど、「ああそうですか」と納得するのは無理があるだろ。だって（何度も言うけど）ぬいぐるみなんだよ！

とはいえ、孝太郎からすればぬいぐるみが生きていると思っているわけだから、この状況を信じられない親の理屈で説得したってしょうがない。

どうやって言い聞かせたものか、とほんの一瞬悩んだ末、

「お医者さんは忙しいんだよ。病気の人が待ってるかもしれないから、帰ろう」

「ええー……」

まだ不満そう。

「じいじも心配してたよ。ここに来たかったんだろうけど、一人で黙って来るって、約

束守ってないよね？」

どこかへ行く時は一人で行っちゃいけない、と固く言い聞かせてある。

孝太郎はやっと気づいたような顔をした。日常とは違う出来事に高揚《こうよう》して、忘れていたのかもしれない。

「……ごめんなさい」

泣きそうな顔になる。まあ、何もなかったからいいんだけど。

「パパ、お仕事なのに……」

まあ、それもいい。ちょっとだけリモート会議があったから、二時間ほど預かってもらっただけなのだ。

「ぬいぐるみの先生がいるから、絶対にここだと思ったんだけどな……」

「僕はここのお医者さんじゃないんだよ」

ぬいぐるみが口をはさむ。微妙な言い回しではないか。

「ここには手術のために来ててね、いつもいるわけじゃないんだよ」

……またわけのわからないことを言われる。手術のため？　ぬいぐるみが？　どう考えても針と糸で別のぬいぐるみを縫《ぬ》い直している光景《こうけい》しか浮かばない。孝太郎は自分のぬいぐるみがここに入院している、と誤解したらしいが、そんなこと言われたらもっと誤解したりしないか？

「そうなんだ……」

孝太郎は否定されてしょんぼりするかと思ったが、

「しゅじゅつって何？」

そっちに疑問を持ったらしい。まあ、知らないよね。それにしては噛まずによく言えたな。

「身体にできた病気の悪いところを取るんだよ」

「どうやって？　お腹切るの？」

そういうのはなんとなくわかるんだ。

「違うよ。細いカメラみたいなのを身体に入れて、身体の中を見ながら悪いところを取るの」

孝太郎は驚いたようだった。多分理解はしていない。けど利信はわかった。内視鏡《ないしきょう》手術のことか！

「なんかすごいね！」

わかっていないまま、孝太郎は言う。ぬいぐるみがそんなことができるとは、利信でも「すごい」と思うし、それを孝太郎もわかったのだろう。現実ならね！

ここ、ほんとに人間の病院なの……？　いつの間にかぬいぐるみが通う病院に迷い込んでいないか……。そこらの人は人に見えて、まさかぬいぐるみ⁉

「ニャーもそうやってしゅじゅつしてるのかな」

「うーん、ぬいぐるみの手術はしたことないなあ。自分の腕とかは縫うけど」

怖いこと言ってる。なんか腕がぞわぞわってなったぞ。

「でも、ぬいぐるみ専門《せんもん》の先生なら、上手に手術するかもね」

さらにぞわぞわしてくる。痛いことされているのを見るとこっちも痛くなってくるのと似ている。それにしても「ぬいぐるみ専門の先生」って何？

「さ、さあ、こうちゃん帰ろう」

「うん……」

渋々孝太郎はうなずく。

「すみませんでした、お忙しいところ……」

一応謝っておく。自分だけにぬいぐるみだって見えてる可能性もあるから！

「いえいえ、お気遣《づか》いなく〜」

ソファに座ったまま手を振るぬいぐるみから少し離れ、何気なく振り返って見ると――その姿はまるで子供の忘れ物のようだった。周囲を見渡すと、人々が行き交うごく普通の病院の風景で、今までぬいぐるみと会話していたことはすべて幻だったんじゃないかと思えるくらい。

いや、でもゆっくり考えている時間はない。とにかく家に帰って、義父に連絡して、妻にも知らせておかないと――。

帰宅して、孝太郎が遊んでいる間に義父の携帯に電話をしたが、電源が入っていないのか出ない。家電は留守番電話だった。これはいつものことだから別にいいけど。一応伝言を入れるが、途中で出たり、折返しもなかったから、やはり留守なのか？

妻の弘奈《ひろな》にはメッセージで知らせた。とりあえず大事にはならなかったし。

それでも、義父に連絡がつかないのはちょっと不可解《ふかかい》だ。義母《ぎぼ》にも電話したが、今日は隣町の大学病院への通院日で、携帯は電源を切ったまま忘れていることが多く、やはり出ない。それも一応、弘奈に伝えた。

そのあとは、ゆっくり連絡をする時間もなく、あっという間に夕方になってしまい、夕食の支度《したく》やお風呂の準備などで目まぐるしく時間は過ぎる。しかし、義父からの連絡はなかった。

弘奈が帰宅して、その話を改めてすると、

「ちょっとお父さんに連絡してみる」

と言ってかけてくれたが、やはり電話に出ない。

「やだ、何かあったのかな」

そうか、電話に出られない理由が他にあるのかも？

「ちょっと弟に連絡しとくよ」

夕食が終わった頃、義弟《ぎてい》から電話が来た。

『家に帰ってみた。親父たちうちにいたよ』

「えっ、じゃあなんで連絡しないのよ！　お父さんに代わって」

弘奈は怒って、義弟に言う。電話をスピーカーにして、義父が出るのを待つ。

「もしもし」

「なんで孝太郎ほったらかしにしたの？」

利信もそこら辺、訊きたいところではある。義理の親だから、こう前置きも遠慮もない口調《くちょう》ではなかなか言えない。

「ほったらかしにしたわけじゃないよ、ちょっと目を離したすきにいなくなって――」

「今回は病院まで無事にたどりついたからいいけど、途中で何が起こるかわからないんだからね」

五分の道のりとはいえ、車もけっこう通っているし、歩道がないところもある。何もなくてほんとによかった。

「今度から気をつけてよ」

「わかった……。すまなかった。すまん……」

「わかったならいいよ。いつもありがとう。連絡はすぐしてね」

「うん……」

弘奈はため息をつく。義母が電話を代わる。

「ごめんね、気がつかなくて……。こんなことになってるって知らなくて」

「いいよ、お母さんは通院日だったんだから」

たまたま家族の予定が重なり、義父一人で面倒をみてもらったことに、利信は少し罪悪感を抱く。

孝太郎はお風呂に入る前に弘奈からいろいろ言い聞かされて、「もう一人で病院には行かない」と約束をした。

その後は弘奈とご機嫌でお風呂に入ったのはいいが、そのあとは少しぐずってしまった。

「ニャーは……？」

いつも一緒に寝ていたニャーがいなくて、泣き出してしまったのだ。義父にニャーのことを訊くのをすっかり忘れていた。

「明日、探してみるから。今日はねこちゃんと一緒に寝よう」

ねこちゃんとはニャーの妹という設定の三毛猫《みけねこ》のぬいぐるみだ。ニャーほど年季《ねんき》が入っていない。お気に入りはやはりニャーなのだ。

孝太郎は渋々納得したらしい。

「入院してるんだもんね……。我慢する」

細かいことをまだ伝えていないので、弘奈は怪訝《けげん》な顔をしている。

「あとで話すから」

そうささやくと、うなずいて寝室へ孝太郎とともに向かう。

寝かしつけが終わったら話そう、と思っていたが、弘奈は孝太郎とともに寝落ちしてしまう。

台所の片づけが終わった利信は、義父に電話をした。

「さっき訊き忘れたんですけど、ニャーはどうしたんですか？」

「ニャー、ああ、ニャーね」

「孝太郎は『ニャーは入院した』ってじいじに言われたって——」

そういえば、それは息子本人ではなく、あのぬいぐるみから聞いたのだった。医師と名乗ったぬいぐるみ。いや、人に話しても信じてもらえないだろうな。

「いや、冗談《じょうだん》でそんなこと言ったかもしれないけど、よく憶えてないな」

「ニャー、手元にないんですよね。そっちに忘れてきてないですか？」

「わかった。探してみるよ」

「お願いします」

「冗談を真《ま》に受けて、病院に行ったってこと？　でもなんであそこに？　うちから近いから？」

「いや、ぬいぐるみのお医者さんがいる病院だから、あそこに行ったたって」

「ぬいぐるみのお医者さん……？」

義父は、ちょっと驚いているようだった。

「ぬいぐるみのお医者さんがいるって知ってました？」

なんちゅう質問してるんだろう。これでは本当にいるみたいではないか。

「あの病院に？　いや、知らないけど」

そう言うしかないよな……。

「こうちゃんはどうしてそう思うんだろう？」

義父はあの山崎ぶたぶたという医師のことは知らないらしい。まあ、普通知らないっつーか、いると思うわけない。だいたい「ぬいぐるみのお医者さん」という言葉をどうとらえているのか。突っ込んで訊くと、こっちも説明しなくちゃだから黙ってるけど。

うーん、どこからが現実なのか、ちょっと自分でもわからなくなってきたぞ。何しろ自分と孝太郎しか見ていないのだし。家族の中では。

「あの病院、お義父《とう》さんは通院してるんですか？」

「いや、かかってはいないよ。マロの散歩コースだから、こうちゃんと、前をよく通るけど」

マロとは、義父の家で飼っているチワワの名前だ。

「病院で手術とかしたことあります？」

「ないけどどうして？」

「いえ、なんでもないです」

ぬいぐるみが手術している、と言ったら、こっちの頭がおかしいと思われそう。

とりあえず電話を切り、あとはニャーが早く見つかれば、と思ったが——。

ところが、次の日になってもニャーは見つからなかった。

「すまない。もう少し探してみるよ」

「ニャーはいついなくなったんですか？」

「マロの散歩に出た時は持ってたはずなんだが……」

「帰ったらなくなってた？」

「うん」

「道筋でなくしたんですかね。どこ通ったか教えてもらえます？」

あとで見つけに行こう。

一応念のため、孝太郎にもたずねる。

「ニャーはいついなくなったの？」

「わかんない。マロの散歩にじいじと出た時はいたよ」

義父と同じことを言う。そこまでは確かなようだ。

「帰ってきた時は持ってたの？」

「わかんない……」

いつのまにかぶん投げていて、あわてて拾うというのはよくあることだ。彼なりにすごく大切にはしているが、なくさないように常に目を配っているとは言い難い。

「今日、ニャーのお見舞いに行くの？」

そういえば、ニャーはあそこに入院していない、ということはちゃんと教えていなかった。

「こうちゃん、ニャーはあの病院には入院してないんだよ」

「そうなの？　でもどこかに入院はしてるんでしょ？」

そう来たか……。しかし、ないことをどう説明するのか、と考えると「入院」というのは便利な言葉だな、と思う。

「お父さんもくわしいことは知らない」

つい逃げを打ってしまう。

「じいじが言ってたんだから、じいじに訊けばわかるよ」

「そうだな。あとで訊くよ」

義父の家にある可能性だってある。早く見つかるといいのだが。

それで納得したと思ったのに、なおも孝太郎はあの病院へ行きたいと言う。

「ぬいぐるみの先生に会いたい！」

ニャーとは別件、ということらしい。しかしそれは避けたい。用もないのに病院に行ったらそれこそ迷惑だし。

「病院は病気の人が行くところだから、元気な孝太郎が行っちゃダメだよ」

「え……？」

孝太郎の顔がみるみる曇《くも》る。

「入ったことあるの？」

「ある……」

といっても、大きな病院だし、多分トイレを借りたとかそういうのだろうな、と思ったら、

「トイレ借りたの……」

まんまな返事だった。

「その時、ぬいぐるみの先生見た」

「そうなんだ」

「お腹の音聞くやつ持ってた」

聴診器《ちょうしんき》ね。

「じいじと行ったんでしょ？」

孝太郎はうなずく。

「じいじはぬいぐるみの先生見なかったの？」

「ジュース買いに行ってて――」

そう言って「あっ」という顔になる。多分、内緒でおごってもらったんだろう。利信は苦笑《くしょう》する。

「ひと休みしたかったんだね」

孝太郎はうんうんとうなずく。

「またひと休みしていい？」

「いいけど、ぬいぐるみの先生に会えるとは限らないよ」

「じゃあ、どうやったら会える？」

それは利信にもわからない。昨日だって、たまたまいて、時間がちょっとあったから見ていてくれただけだろうし。

ところで、いまだにぬいぐるみに見えていたことが半信半疑《はんしんはんぎ》なのだが……これについてはあまり考えない方がいいのかな。

「僕が病気になれば会える？」

「そんなふうに思ったらダメだよ。お医者さんは病気の人がよくなることがうれしいんだから。それに、もしこうちゃんが入院してる間にニャーが帰ってきたらどうするの？」

そう言われて、孝太郎はショックを受けたようだった。

「ニャーは僕がいなかったら、がっかりするかな……」

「するよ、すごくするよ。こうちゃんがおうちで元気にしてないと、ニャーも元気になれないよ」

「わかった……」

そのあと、孝太郎は沈んだ様子だったが、ニャーのことを言わないように我慢しているようだった。

かわいそうに思った利信は、翌日の朝、弘奈と孝太郎が起きる前にニャーを探しに行った。夜行こうかとも思ったが、暗いと絶対に植《う》え込みの中なんかわからないし、下手すると職質《しょくしつ》を受けてしまいそうなので、明るい早朝にしたのだ。

その判断はよかった。非常に探しやすい。でも、全然見つからない。人に訊こうにも、人がいない！

途中川があったので、これに落ちていたらもう見つからないな、と思う。

人に持ち去られてしまったか、川に流されたか、落ちていたのを捨てられたか——それとも、別のところにあるのか。

その日は、自宅の中も徹底的に探したが、どこにもなかった。こういうのってあとでひょっこり出てきたりもするけれど……。

義父からの連絡を待つしかないな、と利信は思った。

しかし、一向《いっこう》に義父からの連絡はなかった。

もうニャーはいなくなったと考えた方がいいのだろうか。そう孝太郎に言った方がいいのか。

小さい頃、利信もいろいろなものをなくした。中にはとても大切にしていたものもあったし、なくなった時は大泣きした記憶がある。しかし、不思議とそのあとどうなったのか、という記憶がない。なくなったままだったのか、それとも出てきたのか。「なくなったからあきらめろ」と親から言われたのか、それとも何も言われないまま、いつの間にか忘れてしまったのか。

けどそれってつまり「なくなった」ということだけは憶えているってことだよな……。あとから出てきて今も持っているものは「なくなった」とは言わないし、もう少し大きくなって自分の意志で手放しても「なくなった」とは思わない。

孝太郎にとっての悲しい思い出は増えない方がいい、と親としては思ってしまうが、ニャーが出てこなければ、それを告げねばならない。時間がたてばいつのまにか忘れてしまう思い出だとしても。

あとで出てくれれば、悲しい思い出は消えるのかもしれないが、「あきらめろ」と言うことでダメージの念押《ねんお》しにならないか、と考えてしまうのだ。

迷っているうちに数日が過ぎた頃、義母から電話がかかってきた。

「お父さんあてに、変な電話がかかってきて！」

「ええっ⁉」

義母は興奮していて、何があったのかよくわからなかったので、利信は急いで孝太郎と一緒に義実家へ向かう。

家に通されると、義父がしょんぼりした様子で居間《いま》で小さくなっていた。

なかなか義父は話そうとしなかったが、なんとか聞き出す。

どうもオークション詐欺にひっかかってしまったらしい。落札したのと違うものが届いたので業者に電話したが通じず、そのあとからしつこい勧誘《かんゆう》や恫喝《どうかつ》じみた電話が家にかかってくるようになったという。情報を盗まれただけか……。

「届いたものはなんですか？」

出てきたのは、マイクロファイバーの黒いタオルだった。新品のようだが、ペラッペラの薄さで、水も吸わなそうだ。

「警察とオークションサイトに連絡しましょう」

すぐに相手の電話番号や振込先《ふりこみさき》などの情報を提供する。登録されていない電話番号には出ないよう設定したり、着信拒否の申込みをしたりなんだり――。

ようやく終わった頃には、夕方近くになっていた。最近ほんと時間がたつのが速い。

「オークションで何を買おうとしたんですか？」

義父にたずねるが、答えようとしない。

「いくら払ったんですか？」

それには答えてくれた。そんな目の玉飛び出るような金額ではないが、タオル一枚と思うと高すぎる。

しかし、本当は何を買おうとしたのかは、頑《かたく》なに口を閉ざす。

「警察にあとでくわしく話すんでしょう？　その時わかりますよ」

「一人で行って話すから」

相手が「間違って送った。在庫もなくなってしまった」と厚かましく言い訳し、お金も戻ってこないかもしれない、と警察からは言われたらしいが……。

「お父さん、何買ったか言えないの？」

義母から問い詰められてもだんまりだ。

「なんで言えないの⁉」

と義母は泣いたが、

「まあ、相手のたちが悪かったということですから。ものがなんであってもトラブルになりましたよ」

そう言って一番動転している義母をなだめる。誰もがひっかかる可能性があるわけだし……。

弘奈と義弟に報告をして、その日は帰ってきた。孝太郎はマロとたっぷり遊べて満足したようだ。

しかし、その日のうちに義弟から連絡が来る。

「親父が買おうとしてたもの、わかった」

「そうなの？」

利信や義母には頑《がん》として口をつぐんでいたが。

「パソコンの履歴《りれき》調べた」

「……あ、そうなんだ」

「親父、ニャーと同じぬいぐるみ買おうとしてた」

「え？」

「ニャーのぬいぐるみって、今は販売終了してるんだって」

「そうなんだ。知らなかった」

あれは孝太郎が生まれた時に買ったものなのだ。

「同じものは普通にはもう買えない。中古《ちゅうこ》とか、それこそオークションサイトで買うしかないんだよ」

ぬいぐるみだとしても、義父が支払った金額は高すぎる。プレミア価格ってこと？ 足元を見られたのか。

「で、親父を問い詰めてみた。なんでそんなことしたんだって。そしたら、ニャーはマロがボロボロにしてしまったんだって」

利信は驚く。

「なんでそれ、正直に言ってくれなかったの……？」

そんなの仕方ないことだ。マロはまだ遊び盛《ざか》りの若い犬だし、お気に入りのものをすぐボロボロにしてしまうことは家族の誰でも知っている。

「わかんないんだよね……。言わないんだよ」

義弟が困ったように言う。

「そのボロボロになったニャーをどうしたのかも言わなくて」

「まさか……捨てた？」

「それは俺も訊いたけど、これも『捨てたんじゃない』としか言わないんだよ」

このことを伝えたあと、弘奈もまた電話したようだが、やはり義父は質問にほとんど答えてくれなかった。

「ニャーはもうなくなったって孝太郎に言ってもいいの？」

その問いには、

「そういうわけじゃない」

と歯切れの悪い言い方をしたらしい。

「お父さん、頑固だからね……」

弘奈はそう言ってため息をついた。

「何に意固地《いこじ》になってるのか、全然わかんないよ」

義実家全員で説得しても、義父は肝心なことを言わなかった。利信はその間、家で孝太郎と留守番をしていた。

孝太郎にとってニャーは弟のような存在であり、それを妻も義弟も、多分義父もわかっているのだと思う。たかがぬいぐるみとは思わず、「孝太郎の大切なもの」と認識《にんしき》しているのだ。

利信としては、あのぶたぶた先生とニャーのことを変に重ねてしまったりしている。ニャーもぬいぐるみだし、ぶたぶた先生もぬいぐるみだが、彼らの違いってなんなんだろう。大人には明らかに違うけれど、孝太郎にとっても違うのか、あるいは同じなのか——。

それを考えていると、眠れない——ほどではないが、最終的には妙《みょう》にほのぼのして眠っているような気がする。

だから、ニャーにはやっぱり、戻ってもらわないと困るのだ。

そんな騒ぎがあった次の日、

「ニャーが入院してなくてもいいから、ぶたぶた先生に会いたい」

と久しぶりに孝太郎が言った。

説得した日から我慢していたのだろうか。ニャーのこともおとなしく待っているようだ。

とはいえ、あの病院にぶたぶた先生がいる可能性はないとはいえないが、とても低い。

「ぶたぶた先生はあそこで働いてるわけじゃないから、行っても会えないかもしれないよ」

嘘を言っても仕方がないので、そう説明する。孝太郎は案《あん》の定《じょう》沈んだ顔をしたが、

「お散歩で我慢する」

と言った。

「じゃあ、病院まで行ってみよう」

ちょっとうれしそうな顔になる。

病院までの散歩はほどよい距離《きょり》で、しかも敷地内にちょっとした公園があるのに気づいた。遊具《ゆうぐ》も少し置いてある。孝太郎はそこに食いつき、遊び始めた。他に子供はいない。穴場《あなば》かも。

遊び始めてしばらくしたら、なんとぶたぶた先生がトコトコとやってくるのが見えた。

最初に気づいたのは孝太郎で、

「あっ！　ぶたぶた先生！」

とすごい勢いで走っていく。利信は呆然としてしまう。なんかこう——引きがあるのだろうか。運命？

ただ、今回はそのぬいぐるみに声をかけた人が他にもいた。車椅子を看護師さんに押してもらっている患者《かんじゃ》さんや、診察《しんさつ》帰りらしき人。

「こんにちは、ぶたぶた先生」

「こんにちは、その後いかがですか？」

「おかげさまで——」

みたいな会話をしている。看護師さんもだいぶ下の方を見ながら、微笑《ほほえ》んでいる。幻じゃなかったのか……。

「ぶたぶた先生！」

孝太郎が再び声を上げる。利信は我に返って急いで追いかけた。

「こんにちはー」

ぶたぶた先生はにこやかに挨拶してくれるが、どうして「にこやか」だとわかるのか、利信には今ひとつ理解できない。

「孝太郎くんだっけ？」

ちゃんと憶えている。それだけでいいお医者さんっぽい。

「ニャーちゃんとは会えたの？」

そこまで憶えているのか。もうだいぶたっているけど。

「ニャーはまだ入院してるよ！」

「そうなんだ」

ぶたぶた先生はなんとなく困ったような顔になった。点目の上に微妙なシワが。すみません……。

「どこに入院してるのかな？　おじいちゃんに聞いたの？」

「ううん。どこの病院かは知らないけど、ニャーはぬいぐるみの病院にいるんじゃないんだよ」

「どういうこと？」

先生は首を傾げる。そっくり返った右耳が揺れる。非常にかわいらしい。

「ニャーはね、多分猫の病院にいるの」

そんな話は、一度も聞いたことがなかった。

「多分ね、ニャーはぶたぶた先生みたいに歩けるようになったんだよ！　だから、自分で病院に行ったんだと思うなー」

孝太郎の言葉には、この数日、幼いなりに彼がいっしょうけんめい考えていたことが詰まっていた。

「ニャーは猫だから、猫の病院に行ったと思う。今は具合が悪いけど、し、しゅじゅつしたりすれば、きっとまた自分で『ただいま』って戻ってくるよね」

「そうかー、猫の病院かー」

ぶたぶた先生は鼻をぷにぷにしながら、そう言う。

「すごいよね、ニャー。でも、どこ行くか言ってから行ってほしかったなあ」

孝太郎は、さすがにしょんぼりした顔になった。

「それをね、ぶたぶた先生に言いたいって、ずっと思ってたの」

「そうなんだ。ありがとう」

「ニャーが帰ってきたら、会ってね」

「うん」

孝太郎は遊具の方に戻っていった。さっきより元気に遊び始める。言ってすっきりしたのかな。

「すみません……なんか好き勝手にまくしたてて」

「いえいえ。納得できないことを自分でちゃんと筋道《すじみち》立てて考えるなんて、賢《かしこ》いですね」

けどそれも、この生きて動くぶたぶた先生というぬいぐるみに会ったから、なんだと思うが。

「わたしももう一度孝太郎くんに会えないかなあ、と思っていたので、会えてよかったです。上からこの公園がよく見えるんで、急いで降りてきたんですよ」

ぶたぶた先生は、濃いピンク色の布が張られたひづめのような手で上を指さすが、全部カーテンが閉まっているので、どこから見たのかはわからない。でも、ほんとに気にしてくれていたんだ。

「話そうとしたことは話せなかったけど」

「え？　孝太郎に何話そうとしてたんですか？」

「ぬいぐるみの専門病院のことです」

そんなところ、あるの？

「入院しているとすれば、そこかな、と思いまして」

「入院できるんですか、ぬいぐるみが？」

「そうですよ。ちゃんとお医者さんがいらして、様々な治療《ちりょう》を施《ほどこ》してくださるそうです。内科《ないか》、外科《げか》、整形《せいけい》外科、耳鼻《じび》科、リハビリテーション科まであるんです」

え、本格的だけど——ぬいぐるみのリハビリ？　どういうこと？

「エステもしてもらえるんですって」

何それ!?　エステなんか俺でもしたことないよ！

「大変人気の病院で、予約したとしても入院はうんと先になるんだそうですよ」

「そうなんですか……」

どこまで信じてよいのやら。

「大変丁寧な治療をされているようですし、入院が長期にわたる場合もあるそうですよ」

え、あれ、それはつまり——。

「ってことは、もしぬいぐるみが大変な怪我をしたとして、すぐに治してもらいたくても順番が来なければ治療してもらえないってことですか？」

「そうらしいです。ってわたしも行ったことないんですけど」

ぬいぐるみなのに、と言いそうになるのをグッとこらえた。てっきり通っているとばかり思っていた。

「どれくらいで治療してもらえるんでしょう？」

「混みようによりますよね。どこの病院も同じですけどー」

そりゃそうだ……。人間の病院だって、何ヶ月か先じゃないと予約とれないところもあるし。

「くわしいことは、問い合わせてみるといいですよ」

ぶたぶた先生は、その病院の名前を教えてくれた。

「ありがとうございます」

「いえいえ。それじゃあ、わたしはこれで」

ぶたぶた先生は、そう言ってペコリと頭を下げた（二つ折りになった、とも言える）。

「ぶたぶた先生、またねー」

孝太郎にも手を振る。そして駐車場へ向かい、一台の車に乗り込む。ドアじゃなくて窓からの方が早くない？　と思ったが、閉まってたら入れないよな——などとぼんやり考えていたら、車が動き出す。誰が運転してるの？

車は公園の前を通って道路へ出ていく。運転席に人の影がなかった。え、ほんとに誰が運転してんの!?

それよりも驚いたのは、車に診療所《しんりょうじょ》の名前が書いてあったことだ。あれは——まさかぶたぶた先生の病院の名前？　さっき教えてもらったぬいぐるみの病院よりも衝撃的……。

そのまま、利信と孝太郎は、弘奈の実家へ行った。

家には義父母がいて、なんだか気まずい雰囲気だった。

義母が孝太郎を連れて台所へ行く。二人でおやつを作るそうだ。

義父と二人きりになったところで、利信は話を切り出す。

「お義父さん——もしかして、ぬいぐるみ病院に予約しませんでしたか？」

義父がパッと顔を上げた。

「なんで知ってるの!?」

わかりやすい……。

「ぬいぐるみ病院ってすごく人気なんですってね」

さっき、公園でパパッと検索してみたのだ。すぐにわかった。

「予約してもいつ入院できるかわかんないって」

義父はうなだれていたが、突然立ち上がった。

「ちょっと来てくれるか」

義父はガレージに利信を案内した。自慢の車のトランクの下部から、何やら布に包まれたものを出す。

「これ……」

出したのは、果たしてニャーだった。しかし……。

「これ、もしかして……」

「マロがボロボロにしたものを、修理しようとしたんだけど……」

千切《ちぎ》れたしっぽと耳を縫い合わせ、取れた目をつけ、お腹や背中にも縫われたあとがある。首のリボンは違う色になっていた。

精一杯修復しようと努力したあとは垣間見《かいまみ》えるが、

「ニャーじゃなくなってますね」

全然違うものになっていた。

「手先が器用な方だから、すぐに直せると思ったんだ……」

確かに義父はプラモデルやジオラマなど細かい造形《ぞうけい》が得意な人だが、裁縫《さいほう》はやったことがなかったらしい。ニャーの怪我は、素人《しろうと》が簡単に直せるレベルではなかったのだ。

「目の位置がちょっとズレただけで、なんでこんなに顔が変わるのかって思ったよ」

利信の頭の中に、ぶたぶた先生の点目が思い浮かぶ。あの目がもうちょっと中にズレても、あるいはもっと広がっても、顔は変わるだろう。ぶたぶた先生ではなくなってしまう。ぬいぐるみってすごいな。

「ぬいぐるみ病院に持っていけばすぐに直してもらえると思ったのに、いつになるかわからないって言われて……それで焦って、つなぎのぬいぐるみを買おうと思ったんだけど、あんなことになってしまったから……」

「正直に言ってくれればよかったのに。誰も責めませんよ」

「いや……ボロボロにした上に、もっとひどくしちゃって、孝太郎に顔向けできないな、と思ってな……。どっちにしろ病院できれいにしてもらえるんだし」

義父にとって、自分の裁縫の下手さ加減があまりにもショックだったのかもしれない。

「オークション詐欺に遭《あ》ったのも、恥ずかしくて……」

けっこう自信満々で、プライド高い人だからな。

でもかなり長い間、家族とギクシャクするかもしれないのに。すでにちょっとこじれているというのに。

「早めにバレてよかった……。よく気づいたね、利信くん」

まあ、ぶたぶた先生のおかげではあったけれども。

そのあと、義父の秘密は家族の知ることとなり、みんなからちょっと呆《あき》れられたが、とりあえずわだかまりはなくなった。

ぬいぐるみ病院については、ホームページを見てもらい、ぬいぐるみの修復——いや、治療について、みんなに理解してもらった。

「古くてボロボロのも、こんなにきれいにしてもらえるの？」

義母がなんだか目をキラキラさせている。大切にしている古いぬいぐるみがあるのだそうだ。

ニャーについては、「猫の病院に入院している」という孝太郎の主張を尊重《そんちょう》して、ぬいぐるみ病院から退院した暁《あかつき》には、

「またぬいぐるみに戻って帰ってきた」

ということにしよう、と話がまとまった。

「猫になったから、病院でぬいぐるみに治してもらったってことにしたら？」

そう義弟が提案してきたが、それはなんだか違うような気がした。しかし、その違和《いわ》感《かん》を利信はちゃんと説明できなかった。猫になったというより……動ける猫のぬいぐるみになった、ということで……ああ、うまく言えない。

「それにしても、孝太郎はなんでそんなふうに納得したのかしらね」

弘奈が言う。まだ利信はぶたぶた先生のことをみんなに話していない。

ぶたぶた先生には、後日手紙を書いた。車の腹に書かれていた診療所名を検索したら、ちゃんとホームページが出てきたのだ。メールアドレスは予約用みたいだし、電話では迷惑だろうし、と思って。

知りたいと思っていないかもしれないが、事の顚末《てんまつ》を簡潔に記し、

『ニャーが戻ってきた時、孝太郎にどう説明したらいいか悩んでいます』

と何気なく書いて送ったら、次の週には返事が来た。すごくお忙しいはずなのに。

そこには、力強いが読みやすい字で、

それは、きっとニャーが孝太郎くんに説明してくれるでしょう。


と書いてあった。

それを読んで、利信はなぜか泣いてしまった。

大きくなった時、孝太郎は何を憶えて、何を忘れているだろう。ぶたぶた先生とニャーのこと、憶えているといいな。

女の子の世界

城田舞花《しろたまいか》は、面談室《めんだんしつ》の椅子に座っていた。

人を待っているのだが、気が進まない。仕方なくじっとしていた。

家に帰ろうかと何度も思ったが、そのたびに母の涙が頭に浮かんで動けなかった。

スクールカウンセラーに面談されたって何も話すことはないのに――とため息をつく。

最初は母がついてくると言って、きかなかった。

「そんなことしたら、もうお母さんと何も、一生話さない」

そう言ったら、母は号泣した。それがあまりにもつらくて、「一人なら」と条件を出したのだ。

チャイムが鳴った。時間だ。

ガラリと面談室のドアが開く。見ないようにしてたのに、舞花はつい顔を上げてしまう。

誰もいない。カウンセラーは山崎先生、という名前しか憶えていなかった。男性なのか女性なのか、それも忘れたし、もらったプリントに書いてあるのだろうが、そもそもちゃんと読んでいない。何も話さない、ということしか決めていなかったから。

でも、ドアは開いたはずなのに、誰もいないってどういうこと？

開いたドアから担任の峰《みね》先生が入ってきた。あ、すぐに入ってこなかっただけか。

ちょっとドキドキしていたが、素知《そし》らぬ顔をしていると、

「城田さん、こちらがスクールカウンセラーの山崎先生よ」

誰もいないのにそんなことを言う。すると、舞花の前の椅子に、ぴょんと何か小さな——バレーボールくらいのものが乗っかった。

ぶたのぬいぐるみだった。桜色で、黒ビーズの点目の。

「はじめまして、山崎ぶたぶたといいます。今日はよろしくお願いします」

突き出た鼻がもくもくっと動いたと思ったら、おじさんの声が聞こえた。

「え……？」

ぬいぐるみがしゃべった！　しかも見た目に似合わない声。

「びっくりしちゃいましたよね、こんなぬいぐるみが来て」

そりゃびっくりするよ、椅子にもひとりでに上《のぼ》ったように見えたし！

それより驚いたのは、自分でぬいぐるみって言ったことだ。うちだけがぬいぐるみに見えているってわけじゃない……？

「いえ……」

自分の気持ちをこと細かに言う気はなかったので、そう答えるだけにする。だって別に……よく考えれば、ぬいぐるみだからといってこの状況が変わるわけじゃないし。

けれど、これだけは訊いてみたい。

「ほんとにカウンセラーなの……？」

まあ、「カウンセラー」自体がどういうことする人か、舞花にはわかっていない。悩んでる人の話を聞いて、なんかアドバイスする人？

「そうですよ。この中学校にも毎年来ています」

しゃべるたびに鼻と耳が動く。大きな耳の右側はそっくり返っていた。

「知らない……」

「カウンセリングを望まない人からすると、いてもいなくても変わらない存在ですからね」

なんかそういう案内のプリントもあった気がするし、母親に渡した気もするが……その時は自分には必要ないと思っていた。

「お名前は城田舞花さん。二年三組ですね」

ぬいぐるみは、書類を見ながら確認するように舞花の名前などを言う。ひづめみたいな指先（?）には濃いピンク色の布が張ってあった。よくあれで紙がめくれるな……。

「せっかくお待ちいただいたわけですし、少しお話をしましょう」

話をするかしないかについての気持ちは待っていた時も今も変わらないが、ちょっとだけこのぬいぐるみへの興味はあった。なんの関係もないやりとりでも、話は話だ。とりあえず、母は安心するかもしれない。

「はい……」

「じゃあ、時間になったらドアをノックしますね。山崎先生、お願いします」

そう言って峰先生は出ていった。

ぬいぐるみと二人きりになった。お話ししましょうって言われても別の意味で困った。これからどのくらいの時間話すのだろうか。三十分？　それとも一時間？　話もつの？だいたい、ぬいぐるみとどんな話をすればいいんだろう。話すことなんて、何もないのに。

あ、そうか。こっちの話ではなく、ぬいぐるみの話をすればいいのかも。だが、普段あまり会話に積極的でない舞花にとって彼（?）に質問をすることは難易度《なんいど》が高い。

「身体の調子はどうですか？」

迷っているとぬいぐるみの方から話しかけてきた。

「いいです」

特にどこか悪いわけではない。風邪もひいてない。

「よく眠れますか？」

「……夢ばかり見ます」

これくらいは言ってもいいか。

「ごはんは食べてますか？」

「はい」

出されれば普通に食べる。だが実は、食べなくても平気だな、と思っている。自分で用意しなければならなかったら、きっと食べてないな。

でもそれは言わなかった。

「どんな夢を見ますか？」

「……憶えてません」

それは嘘じゃなかった。なんか同じような夢ばかり見ているけど、細かいことはみんな忘れてしまう。

「眠りが浅いのかもね」

確かに物音ですぐ目覚《めざ》めてしまうような気がしたが、それ以上言うといろいろ追及《ついきゅう》されそうなので、黙っていた。その沈黙はけっこう続いた。もう何も訊かないの？　と答えないつもりなのに不安になるほど。

「お母さんからは、とてもふさぎこんでいて、以前と変わってしまった、と聞いています」

母は舞花にもそうくり返し言う。そうなのかもしれないし、そうじゃないかもしれない。自分にはよくわからない。

何も言えず、ふと顔を上げると、点目がこっちを見つめていた。ただのビーズの目なのに、何か見透《みす》かされそうに思える。

「今日はじゃあ、最初ですから、雑談《ざつだん》でもしましょうか。城田さんの近況《きんきょう》を聞きたいですね」

いや、それも特にないけど……。

「最近、一番印象的《いんしょうてき》だった出来事はなんですか？」

印象的。印象的といえば——そう言われて少しだけ考えた。が、ハッと気づく。

「今、です」

「そうですか。そうですよね」

そりゃそうだな、と言いながら、ぬいぐるみはふんふんうなずく。

「では、二番目に印象的なことはなんでしょう？」

頭の中に浮かぶ光景があった。夕日の中に立つ後ろ姿——これが二番目？　いや、違う。

「ないです」

「そうですか。わたしと会って、どう感じましたか？」

舞花はまた少し考えて、

「これは現実？」

言ってしまってから、すごいこと訊いたな、と思う。

「現実ですよ」

すました顔でぬいぐるみは言う。そんな顔に見えただけだけど。それともドヤ顔？

「現実か……」

「現実じゃないって思いたいですか？」

舞花はためらったのちにうなずいた。

「それはどうしてでしょう？」

なんだか難しいことを訊かれた。

「わかんない……」

正直に答える。

「わたしが怖いですか？」

「怖くないです」

そういう雰囲気はない。

「ああ、よかった。中には『怖い』と思う人もいますからね」

そうかも……と密かに思う。正直言えば、舞花はあの点目が怖かった。すべてお見通しなんじゃないかと感じるのだ。

「最近はどんな毎日を送っていますか？」

「学校に行って、たまに塾に行ってます」

それのくり返し。

「お休みの日は？」

「家にいて、本やマンガを読んだり、ゲームしてます」

それくらいしかすることがない。あまり外に出られなくても、そんなにストレスがたまるタイプじゃない。

「それはほんとに最近？　それともずっとそんな感じ？」

「ずっとです」

小学生の頃からこんな感じ。中学に上がったら変わるかな、と自分でも思っていたけど、全然変わらない。このままでいいのかな。

「じゃあ、自分以外のところで何か起こったりしていませんか？」

舞花は首を振ろうとしたが、一瞬ためらう。本当に何も起こっていないの？

「自分の知らないところで何が起こってるかなんて、わからないです」

「じゃあ、知っている限りでは特にないということですか？」

「……そうです」

ためらった末、付け加えた。

「何もないです」


その日はそれで終わった。次は来週だという。

家に帰ってから、母に言う。

「やっぱり次のカウンセリングは断る。お母さんがやれっていうから一回やっただけなんだから」

案の定、母は泣く。

「なんでそんなこと言うの？」

「うちには必要ないからだよ」

「そんなことない……。お母さんにはわかるの。舞花、少し変わったから」

母は昔から過保護《かほご》気味ではあった。少しでも何か変わったことがあると大騒ぎをするし、すぐに泣いてしまう。

「カウンセリングでなんでも解決できるのなら、学校で問題なんか起きないよ」

自分で言って、そのとおりだと思う。自分のクラスの中のことだってよくわからない。あの子はいじられているのか、それともいじめられているのか、区別がつかない。大人の話では、どっちもあまりよくないっていうことだけど、友だち同士でふざけているようにも見える。正しい対処なんて、子供にはできない。大人だってできてないじゃん。

「カウンセリングの先生がひどいこと言ったの？」

「言わないよ。むしろ優しい人だったよ」

人じゃないけど。

「でも、知らない人としゃべるのはいやなの」

人見知りは自覚している。まして大人となんて。

でもあのぬいぐるみは大人と言えるのかな。声はおじさんだったけど。

「学校へはお母さんが連絡してよね！」

そう叫ぶように言って、舞花は自分の部屋に閉じこもる。夕食も食べなかった。

お父さんは毎日帰りが遅く、ここ最近ほとんど話していない。だからお母さんも寂しいんだと思う。わかってるけど、それこそ舞花にはどうにもできない。

その夜も、断片的《だんぺんてき》な夢ばかり見て、よく眠れなかった。

次の日、学校から帰ると、母が、

「学校に電話して、カウンセリングを断ったよ」

と言った。

「わかった」

そう返事をした舞花は、まだ何か言いたそうな母に背を向け、また部屋に閉じこもった。

母とはそれ以来、必要最低限《さいていげん》の口しかきいていない。家族三人とも、それぞれ一人だけで生活してるみたいな毎日だった。

なんでこんなことになってしまったんだろう、とふと思った。カウンセリングさえしなければ、特に問題なく暮らしていたのかもしれないのに。

カウンセリングなんて、する必要なかったのに。

学校には行っているが、誰ともしゃべらなかった。元々、友だちはほとんどいない。

去年まで同じクラスだった幼なじみが引っ越してしまってから、舞花は一人だった。

峰先生は気をつかってくれているみたいだが、忙しいのはわかってる。なんだか悪いなって思ってしまう。

　学校ではカウンセリング前と変わらない生活をしている。相変わらずぼっちで、授業で班を作ったりしなければならない時は、目立たない子ばかり集まったグループの女の子たちが入れてくれる。でも、授業が終わると舞花はすぐに家に帰ってしまうし、休み時間は図書室に行っている。

　なんのことはない、家でも同じ生活になったってことか。

　これって、うちが悪いの？　それとも過保護なお母さん？　家に帰ってこないお父さん？

　それとも、あのぬいぐるみのカウンセラー？

　誰も悪くないとしたら、毎日なんだか暗い気持ちなのは、いったいどういうことなんだろう。

　そんな鬱々《うつうつ》としたある日の昼休み、図書室から教室へ帰ろうとした時、あのぬいぐるみのカウンセラー――山崎ぶたぶたが、廊下を歩いているのを見かけた。

　すごく堂々と歩いていて、びっくりした。人に見られても大丈夫なのか。図書室のあたりはひっそりしていて、あまり人はいないけれども。

舞花がカウンセリングを受けてから、一週間ほどたっていた。断らなかったら今日もそうだったろう。これから他の生徒のカウンセリングなんだろうか。

ぼんやり見ていると、ぶたぶたは面談室とは方向の違う階段を昇っていく。

どこに行くの？

ちょっと興味をひかれた。でももう、授業が始まる。舞花は学校も授業も、体調が悪かった時以外、サボったことはない。サボる理由もないから。

それでも舞花はなぜかぶたぶたが気がなり、あとをつけてしまう。

誰かに会ったら帰ろう、と思ったが、誰もいない。いつもなら、もう少し行き交う人がいるはずなのに。

尾行《びこう》の途中で、舞花は彼が目指している場所がどこか、察《さっ》してしまった。でもそんな……そんなところに行く理由、ないだろうに……。

さらにひと気のない階段を昇り、ぶたぶたは屋上《おくじょう》のドアの前に立つ。鍵がかかってるはずだけど——と思ったが、飛び上がってドアノブに触るとドアが開く。

舞花は、急に胸がドキドキしてきた。踊り場手前の手すりに隠れて見ていたのだが、立っていられなくて座り込む。あれ、なんでこんなに苦しいの？

目の前が暗くなってきた。おかしい、うちおかしい。どうしよう、死んじゃう？　お母さん……。

「どうしたの⁉」

誰かの声が聞こえる。ぬいぐるみの？

「大丈夫？　息、息をゆっくりしなさい」

息をゆっくりって……どう息をしたらいいかわからない。

「はい、ゆっくり吐《は》いて――ゆっくり吸って――」

言われたとおりにやってみたら、楽になってきた。けど、身体がだるくて、立ち上がれない。

誰かに支えてもらって、ようやく階段を降り、どこかへ連れていかれる。

しばらくして目を開けると、ぶたぶたが傍《かたわ》らに座っていた。舞花は保健室のベッドで横になっていた。

「大丈夫ですか？」

何も言えず、ただうなずく。

「先生、城田さん、目を覚ましましたよ」

ぶたぶたがそう言うと、カーテンが開いて保健室の先生が顔を出した。

「気分はどうですか？」

舞花は起き上がる。痛いところはない。不快感もない。

「大丈夫です」

「具合が悪いならお薬もありますけど」

「何もいりません」

時計を見るとだいぶ時間がたっていて、珍しく夢も見ずに眠っていたらしい。それでかえって頭はすっきりしていた。

「多分、過呼吸《かこきゅう》を起こしたんだと思いますけど、不安なら病院に行ってくださいね」

保健室の先生が話を続ける。

「……わかりました」

なんでそんなもの起こしたんだろう。

「とても緊張していたり、ストレスがたまっていたり、不安に思っていたりすると起こることが多いんですよ。どこか病院に通ってる？」

「通ってません」

　ストレス、不安、緊張、か……。それでどうやって息をするのかわからなくなるなんて、怖いな……。

「おうちの人に迎えに来てもらいましょう」

「いえ、自分で帰れます」

「大丈夫そうでも、何かあると大変だから。峰先生に言って、連絡してもらいますよ」

「連絡しないでください」

「どうして？」

「お母さんが取り乱すので……」

　また泣きやまないで、ずっとその泣き声を聞きながら「眠れない」と思うのはしんどい。

　その時、ぶたぶたが意外なことを言う。

「わたし、送っていきましょうか？」

「え？」

「今日はもうカウンセリングも終わりましたし」

「そうしていただけるなら、助かります」

ええ……こっちの意思は無視なの？

中学生ってしょせん子供としてしか扱われない。母も結局そういうふうに思っているんだろう。

でも……よく考えたらぬいぐるみ、うちより小さいんだけど……。一人で帰るのとほとんど変わらないような……。

しかし保健室の先生もぶたぶた自身も、そしてカバンを届けてくれた峰先生もそれに気づいていないように話は進み、なんかよくわかんないけど、舞花はぶたぶたに送ってもらうことになった。

「気をつけてね」

学校から家までは川沿《ぞ》いを歩いて十五分。ほんと、一人で大丈夫なのに……。

ぬいぐるみと歩いて注目されないかな、と思ったが、けっこう気づかれない。校庭を歩いていると、気づく子は気づくけど、近寄ってくるとか声をかけてくるとか、そういうことはない。呆然としている間に通り過ぎる、という方が合っているだろうか。

道を歩いていると、正面から来る人は気づくみたいだけど、じっと見つめてすれ違うとか、立ち止まってしまうとかばかり。全然気づかない人も多い。やっぱり小さいから、だよね？

「もっとゆっくり歩いた方がいいですか？」

いや、うちの方がゆっくり歩かないとダメかな、と思ってたんだけど。絶対歩幅《ほはば》が違うから、こっちが本気出したら簡単に巻けるよ！

……なんかそれも悪いし、ぬいぐるみが歩いているのを見るのがちょっと面白いので、比較的ゆっくり歩いていた。

「今日はあったかいですね」とか「給食で何食べたの？」とかそんな話をしているうちに、帰路の半分までが過ぎた。道が二つに分かれている。舞花の家は川から離れていくが、そのまままっすぐだと——。

舞花は立ち止まる。

また少し、胸がドキドキしてきた。

「大丈夫？　少し休みましょうか」

そう言われても何もできない。ぶたぶたに持っているカバンを引っ張られて、ようやく動けた。

川沿いの道は遊歩道《ゆうほどう》のようになっていて、ベンチもある。そこに、舞花とぶたぶたは座る。

「ゆっくり息をして」

さっきと同じことを、ぶたぶたは言う。だんだん息が落ち着いてきた。

しばらくして、舞花の呼吸は元に戻る。それがわかったのか、ぶたぶたが何気ない様子で話を始めた。

「このベンチは夕日がきれいに見えますね。よく見たりしますか?」

「はい……」

ここに座って、桃《もも》と夕日が沈むまで話したことを思い出す。

「一人で?」

一人では見ない。最近は、ただ通り過ぎるだけだ。

でも、それは答えなかった。

「あの屋上で、今日わたしは、峰先生とお弁当を食べようと思ってたんです」

ぶたぶたは突然話を変えた。ああ、そうか。あの時、階段で支えてくれたのは峰先生だったのか。そうだよね。急にぬいぐるみの背が伸びるわけないもん。

「今までほとんど使っていなかったようですね。古いし、校舎の建て替えまではあのままみたいですけど、けっこう気持ちいいところです」

そう。あの屋上は気持ちよかった。空が近くどこまでも青く感じた。喧騒《けんそう》が風の音に紛《まぎ》れ、遠くの山々も見えた。雲にも乗れそう、と思った。

けれどそれは、天気がよければどこでもそうだ。

「それを、あなたも知ってますね」

ドキリとした。

「あ、責めてるわけじゃないですよ」

つけ加えるようにぶたぶたは言う。

「実は峰先生とお話しした時、気になることを聞きまして」

舞花はぶたぶたの横顔をちらりと見た。ぬいぐるみだからなのか、それとも隠しているのか、表情は読めない。自分が理解できないだけかもしれないけど。

「あなたは以前、屋上のドアの鍵を、職員室の鍵置き場に戻したことがありますね？」

「屋上のドアの鍵」と言われた時は、動悸《どうき》が跳《は》ね上がった気がした……え、「戻した」？

「鍵置き場は職員室の出入り口の近くで、先生方からは基本的に死角《しかく》になっています。しかもそこに置いてある鍵は、ほとんど使われていないものばかり。屋上のもそうです。だから、その鍵に関してはみんな無頓着《むとんちゃく》だった、と先生方は言っています。つまり、勝手に持ち出されてもわからないということです」

舞花は何も答えない。

「その鍵を、あなたがちゃんと然《しか》るべき場所に戻しているのを、峰先生はたまたま見える角度の場所にいて、見ていたんだそうです。その時は、落ちてたのを戻しただけかなと思ったそうですが、そのあとからあなたの様子がおかしくなっていって、お母さんからも相談を受けた、と。それであの鍵のことを思い出して、わたしに話してくれたんですね」

この話がどこへ行くのか、舞花にはわからない。

「単に下に落ちてたのを拾ったとしたら、迷いもなく鍵の場所がわかるものなのか、と思ったそうですよ、峰先生は。鍵は古くて貼ってあるラベルもよく見えないし、ぶら下げるフックはところどころ空《あ》いている。まあ、適当にぶら下げとけばいいや、と思うことも不自然ではありませんが、それはあなたの性格からすると少し違和感がある。それに、もし仮に職員室の外に鍵が落ちてたとしたら、それこそ黙って返すことはあなたはしない、とも。きっと自分にひと声かけて、鍵を渡すだろう、そういう子のはず――と峰先生は言ってました」

そうかも。どういう状況でも自分のものではないものを拾ったら、周りの人にひと声かけるだろう。そんなふうに母からいつも言われているし、自分もその方が気分いい。いつもなら。

「それを聞いて、普段のあなたのことを知らないわたしは、普通に『先に屋上の鍵を持ち出してたんじゃないか』って思いました」

舞花は、うつむいてしまう。

「峰先生にしてもお母さんにしても、『そんな無断で持ち出すような子じゃない』って言ってましたよ」

「……ごめんなさい」

絞り出すようにそう答えた。

「屋上の鍵、持ち出しました」

「そうですか」

ぶたぶたの声に咎《とが》めるような雰囲気はない。でも「やっぱり」みたいなのは感じ取れた。母と峰先生に申し訳ない。かばってくれたのに。

「でも、屋上に行っても、何もしなかったんでしょう?」

その言葉に、舞花は顔を上げる。

「なんで……そう思うの?」

「『何もない』って城田さんが言ってたから」

そんなの……何かあっても「なんでもない」ってごまかしたかもしれないじゃないの。

「何してても別にいいんですよ。空を見ててもいい。何か食べててもいい。学校で禁止されていることでも、なんでもやったって大したことありません。

屋上から飛び降りたりしないのであれば」

舞花はその言葉にショックを受け、再びうつむいた。

「面談で、

『最近、一番印象的だった出来事はなんですか?』

って訊いた時、少し考えましたよね」

うつむいたまま、うなずく。

「あの質問をすると、たいていの人はわたしのことを言うんです」

その答えを聞いて、舞花はつい笑ってしまう。そうだろう。そうだよな。

でも、うちは違った。

「それがすぐに出てこない人は、本当に何かに悩んでいたり、囚《とら》われていたりする人だとわたしは思うんです」

このぬいぐるみで吹き飛んでいかないくらいのもの、ということか。

「うちが何に悩んでるって思ったんですか？」

「何もしなかったことに悩んでるって」

「何もしなかったわけじゃないです。屋上の鍵は盗みました」

「なんのために？」

舞花はしばらく考えた。何秒か、それとも何分か。何時間も考えていた気がする。

「ある人のために」

いつも、ここで一緒に座っていた一番大切な人の名前は、どうしても言えなかった。

幼なじみの曽我部《そかべ》桃は舞花よりずっと大人で、一緒にいてとても楽しい子だった。

幼稚園から同じクラスで、友だちがお互《たが》いにいなかったせいもあり、舞花は桃を、桃は舞花を頼ってきたところがある。舞花は一人っ子だったので、彼女を姉のようにも思っていた。

桃には兄がいたが、どうも父親と祖父母が彼を過剰に甘やかし、桃は無視されるような生活を送ってきたらしい。母親は優しくうまくいっているようだが、家の中はいつもギスギスしており、兄の暴君《ぼうくん》ぶりに桃は次第に追い詰められていった。

中学に入った頃、桃は舞花に、

「死にたい」

そんなことを言うようになる。最初のうちは「死ぬなんて言わないで」と泣きながら止めていた舞花だったが、何度も打ち明けられているうちに、

「一緒に死んであげる」

と返すようになっていった。そう言えば桃が思いとどまるから、というのもあったが、舞花としては彼女のいない毎日など想像もつかなかったから、そうなってもいい、というくらい本気だった。

「死ぬ時は、一緒に死のうね」

「うん、約束だよ」

そんなことを、夕日の中このベンチで、何度も言い合った。

ある日、桃がこんなことを言った。

「学校の屋上の鍵が簡単に取れそうだから、そこから二人で飛び降りよう」

どんな死に方をするかなんて、具体的に話し合ったことはなかったから、舞花は少しびっくりしたが、

「わかった」

と返事をした。その頃の桃の精神状態がだいぶ悪いことは、舞花にもわかっていたからだ。一人で逝《い》かせるのはかわいそうに思うくらい。

だが結局、桃は鍵を手に入れることはできなかった。先生に見られている気がして、取る勇気が出なかった、と言っていた。

そして、そのあと桃は引っ越してしまった。

「ママの実家に帰るの。ママと二人で」

「もしかして、離婚……？」

「ううん、違う。別居だって。結局は同じことなんじゃないかと思うけど。だって、学

校も変わるんだよ」

桃が学校に来なくなる――それを知って、舞花は目の前が暗くなるのを感じた。

「連絡するからね。ずっと友だちだよ」

「うん」

「約束、憶えててね」

「わかってる」

そのあとも頻繁《ひんぱん》にメッセージを交換して、近況を報告していた。桃は、新しい学校や、今まであまり会わなかった母方の祖父母との交流がストレスになっているようだった。舞花は会いたいと思って行けない距離ではなかったが、がんばっている彼女の様子に、なぜかモヤモヤして、自分から会いに行くことができなかった。

最後に桃に会ったのも、ここだった。いつものように一人で帰っていた舞花の前に、桃が現れたのだ。夕日の中にじっと立っていた。何ヶ月ぶりだったろう。

ベンチに座って、しばらく二人で黙っていたが、やがて、

「舞花、あたし、やっぱり死のうと思ってる」

そう静かに桃は言った。

「約束、忘れてないよね」

「うん」

「明日、今住んでるマンションの屋上から飛び降りるよ。舞花は学校の屋上からね」

「わかった」

まるで前から決めていたことのように、そんな話をした。いや、決めていたも同然だ。

「一緒じゃなくてごめんね」

「そんなのいいよ」

次の日、舞花は職員室から鍵を盗んだ。桃が言ったとおりに簡単だった。

時刻を決めて飛び降りようということになっていた。放課後、誰もいない屋上に入り込んだ。

目の前に澄《す》んだ青空が広がっていた。見上げると、空と同化《どうか》しそうだった。

あの日、天気が悪かったら、舞花は死んでいたんだろうか——などというわけじゃない。屋上の柵《さく》から下を見て、舞花はそのまま動けなくなった。美しい青空の下で、震えていただけだ。

結局、どれくらい屋上にいたかわからないまま、家に帰った。逃げた、と言っていい。

鍵は次の日に返した。

それ以来、桃とは連絡を取っていない。怖くて取れない。

後悔していた。どうして止めなかったのか、と。死ぬことが怖い、と舞花は屋上に上がって初めて思った。何も知らなかった。簡単なことだと考えていた。

それから舞花は不安定になり、母から「カウンセリングを受けろ」と泣かれることになる。

「ある人とはその後、連絡は取っていますか?」

ぶたぶたはすべて知っているのではないか、と思えたが、それはもしかして母も、そして峰先生もそうなのではないかと感じた。桃が引っ越してから、舞花は自分が変わったと思っている。単にぼっちになったというだけでなく、もう自分を必要としてくれる人がいないのではないか、とばかり考えていたのだ。

別にかわいくもなく、頭も良くもなく、何か特別な才能があるわけでもない、ありふれた女の子である自分を、桃が支えていてくれていた。

舞花の世界には、桃しかいなかったのだ。

桃はどうだったのだろう。もし、彼女が約束を守ったのなら、もうたずねることはできないけれど。

「取ってないです」

「取ってみれば？」

取ってみないと、本当はいけない。でも怖い。怖い。

その時、スマホの通知が鳴った。最近、あまり聞かなかった音。

震える指でスマホを操作すると、「桃」と名前が出た。メッセージが来たのだ。

舞花は息を呑《の》む。

「どうしたの？」

ぶたぶたが心配そうな声で言う。

「どうしよう……」

さっき名前を言えなかったのに、舞花は画面をぶたぶたに見せてしまう。彼は首を傾げていたが、やがて、

「見てみれば？」

とだけ言った。それに背中を押されたように、舞花は桃の名前をタップした。

まいちゃん、久しぶり。桃です。

メッセージは桃からだった。

桃のお母さんからとかではなく、桃本人だった。

まいちゃん、ごめんなさい。

まいちゃん、今、どうしてる?

たった三行のメッセージだったが、多分桃もこれを打つまですごく時間がかかったのだろう。

舞花も短く返事をした。

桃、よかった。うちは生きてるよ。

「城田さん」

ぶたぶたの声に振り向くと、彼はポケットティッシュを差し出していた。その点目を見ているうちに、舞花は子供のように声を上げて泣き出してしまった。

涙はしばらく止まらなかった。母のことを言えない。うちも昔は、泣き虫だったと思い出した。


あとから桃と電話で話した。

彼女も約束どおり、マンションの屋上に昇《のぼ》ったが、ためらっているうちにお母さんが探しに来て、止められたという。

「まいちゃんのことすぐに言えなくて……ごめんなさい。怖くて、連絡できなくて……」

「同じだよ。うちも桃のこと、言えなかった」

「ママにやっと言えて……」

生きててくれてよかった。それだけで充分だ。

お母さんに言えたのもよかった。桃のお母さんは、桃のことをちゃんと見ていてくれたのだ。

舞花の母も、舞花のことをちゃんと見ていてくれた。峰先生も、そしてぶたぶたも。

舞花はまだ、母と先生に全部を話せていないけれども、桃のお母さんが二人に話をしてくれ、ぶたぶたが「もう大丈夫ですよ」と言い添《そ》えてくれたことで、安心をしたみたいだった。

そう最後に会った時に、ぶたぶたが言っていた。まるで子供の忘れ物みたいにあのベンチに座って、待っていてくれたのだ。

「お母さんは、城田さんがカウンセリングを受ける前、わたしに相談していたんですよ」

「そうだったの⁉」

そんなことは聞いていない。なんで言わなかったんだろう。

「初めて会った時、お母さんはやっぱり驚きましたか？」

舞花はぶたぶたに質問した。

「驚きましたよ」

ぶたぶたは言う。

「『最近、一番印象的だった出来事はなんですか？』っていう質問もしました？」

「訊かなかったですよ。だって、お母さんにとって、一番心配していたのはあなたのことってわかってたからね」

そんな母に、まだすべて言えていない舞花だったが――けれど最近、全部知らなくても、知らせなくてもいいんだ、と感じられるようになってきた。全部知っている人やものでなければ、自分の世界に存在できないと考えていたけれど、本当の世界は、ほとんど知らないものでできている。このぶたぶたの存在のように。こんなの、絶対に分からない。

でも、それでいいんだと思える。

母や峰先生だって、知っていることは一部だけだ。舞花の本当の気持ちは舞花だけのもので、それを全部言う必要はないし、それで彼女たちが悲しまなければ――そして、自分も悲しまなければ、それでいいのだ。

舞花は、桃しかいなかった自分の世界が、少しだけ広がったのを感じていた。

あとがき

お読みいただき、ありがとうございます。矢崎存美《やざきありみ》です。

またまた変則的《へんそくてき》な一月発売となりました。夏は六月か七月、冬は十二月か一月、と憶《おぼ》えておいていただくといいかもしれません。すみません……。理想としては六月と十二月なんですけど！　生温《なまあたた》かく見守っていただきたいです……。


さて、今回のタイトルは『名探偵《めいたんてい》ぶたぶた』。

おおう、なんと恐《おそ》れ知らずのタイトル……！　私、言っときますけど、ミステリー作家じゃないんですよ！

でもずっと長い間、このタイトルでぶたぶたを書きたいな、と思っておりました。しかし、何度も言いますが、私はミステリー作家じゃないのです（言い訳《わけ》）。

ぶたぶたでやるなら、やはり「日常の謎《なぞ》」だよな、と思ったり。安楽椅子《あんらくいす》探偵みたいに持ち込まれる謎を解《と》いたり。あるいは、『刑事《けいじ》コロンボ』を全話見直して、

『たかがぬいぐるみ』とすごくなめてた刑事が、実は名推理《めいすいり》を！」というのもいいな、と思って、刑事ぶたぶたで倒叙《とうじょ》ミステリーを書いてみようと思ったり。

しかし、まったく歯が立たず……。特に倒叙ミステリー！　頭がミステリー用にできてないんですよ、私。読むのや見るのは好きだけど、なんでしょうね……「解決」自体にはあまり興味がないのかな、と今、まさに今、思いました。

いや、そういうわけじゃなくて、「解決」を書くのが難しいだけなんですよ。解決だけじゃなくて、過程《かてい》も！　つまりミステリーは全部難しい！

そんな苦手意識がありつつも「名探偵ぶたぶた」というタイトルにはずっとあこがれていたわけです。

ミステリー作家の方にもいろいろたずねたりしましたよ。「日常の謎ってどうやって思いつくの？」とか、「どうやって書くの？」とか、「そこからか!?」みたいなのも聞きましたけど、教えてもらっても実際書くとなるとなかなか難しい……。やっぱミステリーって向いてないのかしら――。

そんな何度目かの挫折《ざせつ》のあと、とあるミステリー作家の友人に、

「『名探偵ぶたぶた』ってタイトルのを書きたいんだけど、どうしたらいいと思う?」

とたずねたら、彼はこう言ったのです。

「いつものようにぶたぶた書いて、それに『名探偵ぶたぶた』ってタイトルをつければいいよ」

「えっ、それでいいの!?」

「だって、ぶたぶたって謎を解決する話、けっこう多いでしょ」

当時の会話を再現しているので、このとおりの言葉ではなかったかもなのですが、そんなようなことを言ってもらえたわけです。確かに私はミステリー作家ではないけれど、ミステリーは好きだし、「謎」を提示してそれが明かされるお話を書くのを好みます。しかしそれはあくまでもミステリーもどき、ミステリーの真似事《まねごと》で——と思っていたのですが……ミ、ミステリー作家の人からそう言われたら、いいのかな!?

とはいえ、足りないものがあと一つ——しかし決定的な一つ。それは、「名探偵ぶたぶた」というタイトルを私が使う勇気です。「迷《めい》探偵ぶたぶた」にする、という案も(私の中だけで)ありました。でも、それはあまりにもかっこ悪い。「逃げたな」とありありとわかるタイトルです。探偵とかミステリー系のタイトルにしなかったら、それはいつものぶたぶただし――と「名探偵ぶたぶた」を使うか使わないか、という二択《にたく》しかなくなってしまったのです！

結局、友人のひとことが後押しになって、「名探偵ぶたぶた」というタイトルを使う！　と決心した私ですが、そのあとが実は大変で……。

「いつものぶたぶたでいいんだ」とわかっていても、「名探偵」というタイトルからのプレッシャーで原稿がなかなかはかどらず……新型《しんがた》コロナウイルスの影響なのかなんなのか、例年よりも時間があったにもかかわらず。

――というのは、またまた言い訳に過ぎないのでした。「名探偵」とつけると決めたのは私だし、出来の責任も私。果たして楽しんでいただけるでしょうか？

ちなみに、今回はすべて以前書いたもののスピンオフになっておりますが、元の作品を読んでいなくてもまったく問題ありません。興味を持ったら、元の作品も読んでみてくださいね。

作品に「名探偵」感があるかどうかについては、とりあえず置いておくとして――手《て》塚《づか》リサさんの表紙はまさに「名探偵」です。

読んだあとにこの表紙はどのお話のぶたぶたか、と考えるのも楽しそうですね。ありがとうございます！

その他、いろいろお世話になった方々、そしてご迷惑おかけした方々、ありがとうございます＆ごめんなさい……。何より斬新《ざんしん》なアイデアを出してくれた友人Oさん、ありがとうございました！

次こそ！　と各種決意をするのですけれど、最近は玉砕《ぎょくさい》ばかりですね。次こそは！「何もかもスムースに行きました」みたいなあとがきを書きたいものです。

まだまだ大変な日が続きそうですが、今年は少しいい兆《きざ》しが見えてくればいいな、と思っております。ぶたぶたを読んで、つかの間笑っていただけたらうれしいです。

光文社文庫

文庫書下ろし

名《めい》探《たん》偵《てい》ぶたぶた

著 者　矢《や》崎《ざき》存《あり》美《み》

2021年1月20日　初版1刷発行

発行者　鈴　木　広　和
印　刷　萩　原　印　刷
製　本　ナショナル製本

発行所　株式会社 光　文　社
〒112-8011　東京都文京区音羽1-16-6
電話（03）5395-8149　編　集　部
8116　書籍販売部
8125　業　務　部

ISBN978-4-334-79125-4　Printed in Japan

組版　萩原印刷